LA MADONT DV Sr AVVRAY.

TRAGI-COMEDIE.

DEDIEE

A LA REINE

A PARIS,

Chez Antoine de Sommaville,
Palais, dans la petite sale.

M. DC. XXXII.

AVEC PRIVILEGE DV ROY.

A

LA REINE.

ADAME,

Ie ne doute point qu'on ne treuue Madonte bien hardie de se presenter à vos yeux, pour augmenter le nombre de vos filles, & ie m'assure que plusieurs blâmeront son Auteur, de l'auoir fait naître auec cette ambition. Ie sçay bien qu'on parlera d'elle comme de ces pieces antiques, qui n'ont rien que leur titre d'agreable & de beau, de sorte que vôtre nom & vôtre aueu feront toute la gloire de cette Princesse amoureuse: regardez-là, MADAME, d'vn œil fauorable, sans considerer sa bassesse où son peu de merite ; le iour luit sur les moindres herbes, & l'Aurore donne de la rosee aux plus petites fleurs aussi bien qu'aux grāds arbres. Ce n'est pas mon dessein d'imiter ces oiseaux, qui ne portent leurs petits qu'entre les palmes, mais seulement ceux qui cherchans vn lieu d'azile, & de sureté, vont s'établir sous le couuert d'vn temple. La vertu qui n'a pas toufiours esté des Dames de la Cour, se voit maintenant en vn rang qui vous y fait aymer comme deux seurs, & chacun dit qu'a vôtre exemple la pieté sera bien tost parmy les Courtisans vne profession publique : les loüanges que vos suiets vous

EPITRE.

donnent, ne doiuent point eſtre ſuſpe-
ctes ny douteuſes, ce ſont des biens qui
vous ſont propres dans les peïs meſme étrangers , & l'Amour qu'on vous
porte , ayant touſiours ſuiuy vôtre re-
nom , n'eſt pas tout renfermé dedans les
cœurs François. Tout le monde ré-
pondroit auec moy de cette verité , que
pour vous donner quelque choſe digne
de vos perfections , il vous faudroit
faire l'offre de ces Princes d'Orient, c'eſt
à dire des preſens de Dieu , d'homme
& de Roy. Mais ſi le Ciel ſe laiſſe re-
garder dedans le peu d'eſpace d'vn ruiſ-
ſeau , ie croy que vôtre Maieſté ne s'o-
fencera point d'étre veuë en ce liure, &
comme le Soleil ſoufre qu'vn petit fer
ſans mouuement découure aux yeux des
hommes ſes éleuations , & que l'ombre
meſme marque les heures, qui ſont filles
de la lumiere, auſſi veux-ie eſperer que

é iiij

ces excellentes qualitez qui vous ont fait
Reine de France, auouront les loüanges,
& les hommages legitimes

MADAME,

DE

Voftre tres-humble tres-obeïffant
& tres-fidelle fuiet &
feruiteur,
AVVRAY.

ODE

A LA REINE.

A'Dmirable, & chere Princesse,
Nos soins se sont éuanoüis;
La santé de vôtre Louïs
A fait mourir nôtre tristesse:
La seule crainte de sa mort
Nous auoit fait perdre le port;
Mais desormais que ces tempestes
Au gré de nôtre afection
Ne menaceront plus nos testes,
Faites nous dans le calme éclore vn
Alcion.

Tout l'Estat a repris courage
Et se promet bien qu'à la fin
On verra sortir vn Daufin,
Du milieu des flots de l'orage;
Plusieurs sçachant que vôtre foy
Vous attachoit pres de mon Roy,
Esperoient de le voir encore
Et disoient en cét accident
Que dedans les bras de l'Aurore
Le Soleil est biĕ loin d'estre à sõ Occidĕt.

Ce Mars va quiter les alarmes
Et sur les lys de vôtre sein
Perdre pour vn temps le dessein
De penser à ceux de ses Armes:
Sa santé dont l'heureux retour
Luy fait voir la clarté du iour
Promet tout à nôtre esperance;
L'Amour le rendra triomphant
Et fera connoistre à la France
Ce qui luy peut venir de la part d'vn
  enfant.

Lors qu'on voit au front	vne nuë
L'Iris, ce beau ieu du Soleil,
Auec vn éclat nompareil
Qui contente & trompe la veuë:
Cet arc qui pareſt & n'eſt pas,
Nous découure bien moins d'apas
Que les puiſſances de votre Ame,
Dont les veritables attraits
Font voir dans vn cœur tout de flame,
Des plus rares vert⁹ les fidelles portrais

Ces grandes Dames que l'Hiſtoire
A rendu maiſtreſſes des temps,
Que des memoires ſi conſtans
Conſeruent touſiours dans la gloire,
Firent moins que vous d'actions
Dignes des aclamations
De tous les peuples de la terre;
Puis qu'vn ſeul regard de vos yeux
Peut donner la paix ou la guerre,
Plus ſouuerainemēt que les flames des
    Cieux.

Iadis les Dieux pour faire naître
La Reine de toutes les fleurs
Firent des plus belles couleurs
La pourpre ou l'on la voit paraître :
Ainſi les Aſtres embelis,
Pour faire la Reine des lys
Ont pourueu ſon eſprit de charmes
De qui l'inuincible pouuoir
S'étend auſſi loin que les Armes
Dont mon Prince entretient tout le
    monde en deuoir.

AV LECTEVR.

Her Lecteur, voicy cette Madonto que persóne n'auoit pû iusqu'icy gai-gner, ny forcer en sa retenuë; cette fil-le encore timide apres auoir paru dãs plusieurs assemblees n'ose pas se promettre qu'ó la traite sans passió dedans vn cabinet. Pour moy ie treuue ses défiances iustes, & bien que pour se rendre plus agreable, elle ayt vn peu changé ses premiers traits de visage auec vn fard qui n'est pas condáné, i'ay de la peine toutefois à cósentir à son dessein. Il n'est pas des enfans de l'esprit có-me des autres, dót les aisnez sont d'ordinaire les plus auantagez. I'aurois grand tort de croire que i'ay fait des ouurages parfaits prenant encore des leçons, & compris des secrets sans les apprendre auparauát. Celuy qui prit des hommes pour des arbres montra par la que sa veuë estoit saine, les vns & les autres dónent des fruits en leur saison dont ils n'ont rien dans le printemps que l'espe-rance; les oyseaux n'ont pas si tost des plumes pour voler, & ceux qui chantét auec plus de dou-ceur attendent la fin de leur vie. Ie doute fort de ce qu'ont dit les curieux de quelques Indiennes, qu'elles ne faiſoient point de ieunes enfans, pource qu'ils blāchiſſoient venāt au môde, au moins ſuis-ie aſſuré que nous n'auons pas ce priuilege en France, ou les annees ne ſe confondent point l'vne dans l'autre, ou les hommes de iour en iour ſe rendent plus parfaits, & ſelon les degrez de l'age font voir de moindres ou de plus grāds ſuiets à ſe faire admirer. Toutes choſes ſont petites à leur ſource, & ces grands fleuues qui ſeruent au commerce des peuples, ont à peine dequoy remplir la main & contēter la ſoif d'vn hôme au lieu de leur principe. Perſonne ne ſe peut vrayment dire grād au point de ſa naiſſāce, & pour meriter en ce tēps des loüāges, il faudroit faire autāt que Dieu qui ne fut pas plutoſt né qu'il crea vne étoile pour ſe faire adorer. Autrefois on a vû des ſiecles ſi groſſiers que les moins ſçauans paſſoient pour Magiciēs: il eſtoit des eſprits dōt la foibleſſe a fait des hereſies, qui ne pouuoiēt rien cōprēdre qu'à la faueur des organes du corps; & n'éleuās pas l'Ame plus haut que la veuë, ſeſoient des Dieux ſuiets à nos ſens, de ſorte que c'eſtoit aſſez de les étonner pour auoir des autels & des ſacrifices. Mais auiourd'huy les hômes ne ſōt ſi nouueaux, ny ſi faciles, la plûpart reçoiuēt vn ouurage cōme vne debte ou iamais ils ne treuuent leur côte, ils s'imaginēt que le peuple ne doit faire que ſur leur auteu les aplaudiſſemens, que leur ſouſſe fait & détruit les choſes, & qu'vn diſcours ſort y de leur bouche en faueur de quelqu'vn , le rend maiſtre abſolu de toutes les opinions:imitans en cela ces Philoſophes anciens , qui batiſſoient & renuerſoient vn móde par l'amas & deſunió de certains petits corps dont la diuiſion n'eſt pas moins dificile que la récótre de leur pierre. Déja quelques expers de cette rare ſecte pour cóbatre Damó auec les fleurs de ſon iardin,treuuét mauuais cet entretien auec vne Maiſtreſſe,ne cóſiderát pas que de tous les obiets preſés il préd ſuiet de luy parler de ſon Amour. Apres tout,les écrits des Poëtes reſſemblét aux fruits de la terre,ce ne ſót pas des viádes mais des apetits qu'vn eſtomac foible & debile ne ſçauroit ſuporter ; ſi ceux-cy, cher Lecteur, ne te ſemblent pas entieremét deſagreables , peut eſtre en recópenſe treuueray-ie bien le moyen de te traiter auec plus d'apareil & de mets plus ſolides. Tu n'auras point d'argumét du ſuiet que tout le móde s'eſt rendu curieux d'aprendre par la bouche d'Aſtree , elle a fait de ſes auantures, & des amours de ſes autres cópagnes la ſciéce des Dames d'auiourd'huy: & d'ailleurs ceux qui verrót cette piece (ſans les arreſter trop lóg téps à la porte du cabinet pour les entretenir des ſuiets qui s'y trouuét)connoiſtront aſſez dás la ſuite des vers l'inuincible conſtance de Damon , les chaſtes amours de Madonte , les ruſes & les fureurs de Leriane,les fidelitez d'Haladin, & l'ambition de Therſandre.

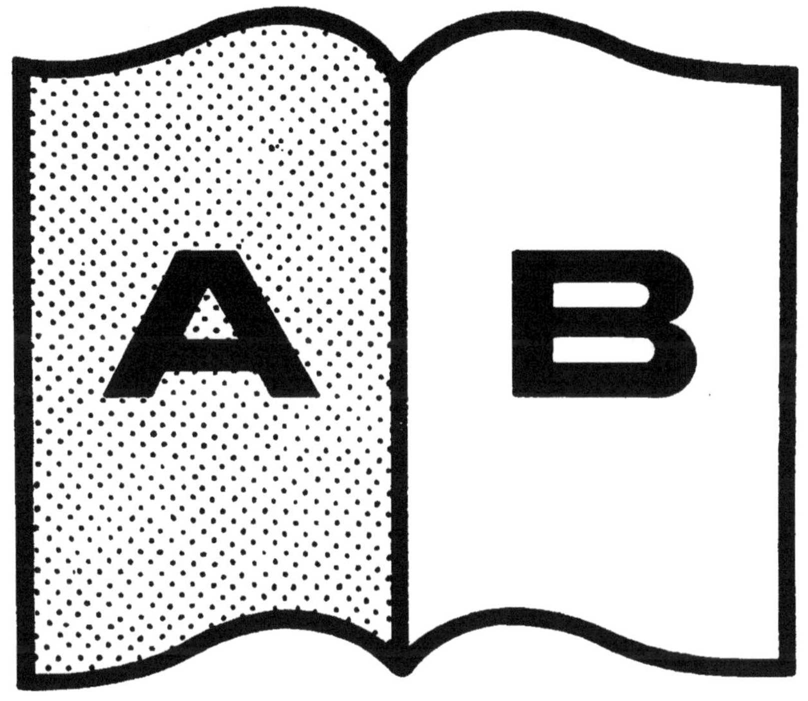

Contraste insuffisant

NF Z 43-120-14

ACTEVRS.

MADONTE.
DAMON.
HALADIN.   Escuyer de Damon.

THERSANDRE.   subiet de Madonte.
ARCAS.   Confident de Ther-
                  sandre.
LERIANE.   Gouuernáte demad.
ORMANTE.   Niece de Leriane.
LEOTARIS.
      ET   Neueux de Leriane.
SON FRERE.
TORISMONDE.   Roy.
LEONTIDAS.   Homme d'Estat.
L'HERMITE.
LES PESCHEVRS.
ARGANTEE.   Prince du peys de
LA VOIX.   Forests.

LA
MADONTE
DV SIEVR
AVVRAY.
TRAGI-COMEDIE,

ACTE I.

SCENE PREMIERE.

MADONTE.

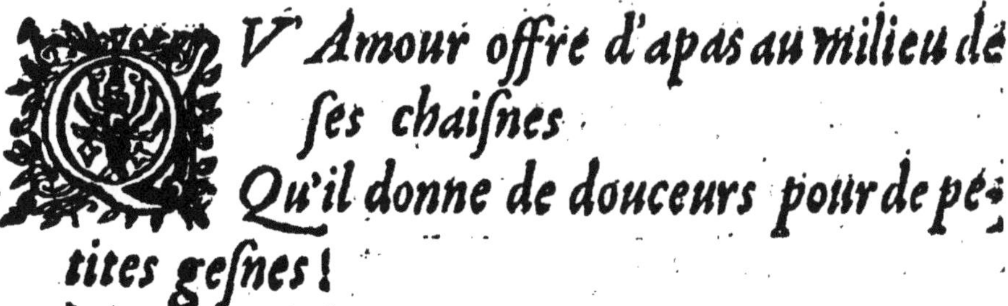

V' Amour offre d'apas au milieu de
ses chaisnes
Qu'il donne de douceurs pour de petites gesnes!

A

Ses coups sont bien receus au cœur des Immortels
Qui bruslent leurs encens au pié de ses Autels;
L'innocent va tout nu, la gloire qu'il espere
Il ne la cherche point qu'aux beautez de sa mere.
Quoy qu'il peust pour nous vaincre, & pour
    nous fraper mieux
Aracher le bandeau qu'il a deuant les yeux.
Ha que ce dieu de feu me donne des atteintes
Qui captiuent mes sens par de douces contraintes,
Et que ses traits vainqueurs treuuent en ma
    raison
Vne foible puissance à rompre ma prison!
Rare obiet de mes vœux dont la seule peinture
Seruiroit d'ornement à toute la Nature
Veritable suiet de mes contentemens
Toy qui porte l'esprit à des rauissemens
Voy, voy dedans ce cœur, ce cœur nouri de flame
L'aymable Deité qu'idolatre mon ame.
Si Diane viuoit, te voyant tant d'apas
Toute chaste qu'elle est, elle suiuroit tes pas:
Ie croy que les vertus trouueroient impossible
De ne le pas cherir ayant vn corps sensible,

Il pourroit adoucir tous les flots de la Mer
Et s'il flattoit vn Tygre on le verroit aymér.
Mais la nuiɛt a déia leué ses sombres voiles
Et laissé succeder le Soleil aux étoiles,
La sœur s'enfuit du frere, & ses feux empruntez
Pálissent a l'abor de plus viues clartez.
C'est le temps ou le Ciel me veut rendre contente
Par la possession des fruits de mon attente
Et que ie dois iouir des rauissans discours
De ce ieune voleur de mes chastes Amours
Tu verräs, cher Damõ, que l'Aurore amoureusé
Sçait preuenir le iour, & n'est point paresseusé
Pour voir plutost l'obiet qui tient ma liberté,
I'oserois desirer plus de legereté.

A ij

ACTE I.
SCENE II.

LEONTIDAS, LERIANE.

LEONTIDAS SEVL.

VSqu'icy la fortune & facile &
    propice.
A fait en ma faueur diuorce à son ca-
price
C'est vn Soleil pour moy tousiours dans l'Orient
Qui regarde mes biens d'vn visage riant:
Ma vieillesse du iour que ie veis la lumiere
A gardé cherement sa liberté premiere
Le Ciel a pris le soin de flater mes desirs
Se montrant complaisant à mes iustes plaisirs
Mes vertus m'ont aquis du nom & de la gloire

Plus que n'en peut porter vn volume d'Histoire
Mesme sous ce poil gris pres la mort que i'attens
Les hyuers sont encore à chasser mon printemps
Ma santé qui parest iusque sur mon visage
Fait que vingt ans entiers on derobe à mon âge;
Ma ieunesse au milieu des pompes de la Cour
N'a iamais recueilly que les roses d'Amour,
Quand mon cœur estoit pris d'vne flame diuine
Ma liberté soudain en détournoit l'espine,
Les plus rares beautez qui charmerent mes sens
Ne toucherent mon cœur que de coups innocens;
Mais quãd l'Estat m'a fait Capitaine à la guerre
I'ay fait douter de moy, si i'estois vn tonnerre,
Et i'ay mesme obligé les esprits médisans
De dire que les Dieux estoient mes partisans:
Peu de temps s'est passé depuis que mon épee
Au sang des ennemis s'est encore trempee;
Quelque soucy pourtant vient souuent m'engager
A des regrets que i'ayme & tasche à prolonger
De ne pouuoir borné dans ce bon heur extresme
Me le rendre eternel par vn autre moy-mesme
De n'auoir pour témoins des actes triomphans

A iij

D'vn pere genereux de semblables enfans.
I'ay pourtant vn neueu que la maison commune
De sa mere & de moy fait suiure à ma fortune;
Le seul contentement que i'espere auiourd'huy
C'est de faire vn accor de Madonte & de luy,
Et d'auoir ce bon-heur de ioindre à ma famille
Le sang & les vertus de cette rare fille:
Pour luy donner des vœux, c'est assez de la voir,
Toute la Cour l'honore, & luy cede en pouuoir,
Mais outre les attraits qui sont en son visage
Ce qui la rend aussi plus digne d'vn hommage
C'est qu'elle a des beautez dedans ses reuenus
Que ne possedoient pas Diane ny Venus.
Or, d'autant que plusieurs amoureux & fola-
    tres
Mettent le point d'honneur à s'en rendre Idola-
    tres
Et que Damon déia bien venu dans la Cour
La regarde d'vn œil à luy faire l'Amour,
Pour chasser du logis cette troupe profane
Ie m'en puis reposer aux soins de Leriane
Ie l'oblige à cela sous des conditions

Qui la feront veiller aux moindres actions:
Ne l'aperçoy-ie pas? hé bien quelle nouuelle
Fais-tu bien ton deuoir, m'es-tu tousiours fidelle
A quoy pense Madonte à ce nouueau printemps?

LERIANE.

A passer sans ennuy les beaux iours de ce temps
Et diuertir d'vn soin petit & domestique
Son humeur que ie treuue assez melancholique.

LEONTIDAS.

Et Clite mon neueu la voit-il pas tousiours
Luy fait-il à propos recit de ses Amours?

LERIANE.

Ie croy que l'vn & l'autre en fait l'apprentissage
Pour Clite, il sçait fort bien contrefaire le sage,
Et le Dieu des sçauans ne parleroit pas mieux
Que quand ce beau soleil se presente à ses yeux.

LEONTIDAS.

Quel accueil luy fait elle?

LERIANE.

           assez froid, ce me semble,
Et qui ne leur permet d'estre long-temps ensemble,

Elle affecte déia certaine grauité
Qui la feroit paſſer pour quelque Deité
Son ame toutefois a ſi peu de malice
Qu'elle fuiroit l'Amour comme l'horreur d'vn
　　vice
Mais la ſincerité qui ſuit ſes actions
Fera place a la fin aux belles paſſions
Et ſon eſprit changé ſe iugera coupable
De s'en eſtre montré ſi long-temps incapable.

LEONTIDAS.

Cet agreable Auteur des ieux & des plaiſirs
Se fera ſuiure en fin de ſes ieunes deſirs;
C'eſt encore vne fleur nouuellement écloſe
Vn miroir qui reçoit l'obiet qu'on luy propoſe;
Son eſprit eſt vn blanc où l'Amour de ſes traits
Peut tirer ayſement quelqu'vn de ſes pourtraits
C'eſt vne cire vierge, vne table d'attente
Ou mon intention ſe peut rendre contente,
On y peut allumer de ces feux innocens
Qui rangent la raiſon ſous l'Empire des ſens.

LERIANE.

Le tẽps dont le pouuoir ne treuue point d'obſtacles

Le fait voir tous les iours par de plus grands mi-
    racles,
Madonte est plus facile a traiter qu'vn Lion
Dont l'Amour deuient maistre en sa rebellion
Elle s'adoucira.

LEONTIDAS.

                        Ie te la recommande,
Ne luy refuse rien de ce qu'elle demande
Reconnois s'il se peut ce qu'elle a dans le sein
Sonde tout à loisir son amoureux dessein,
Et sçache que Damon de qui le grand courage
Acorde les vertus aux beautez du visage,
Est veu d'elle d'vn œil qui n'est point ennemy
Que luy d'autre costé ne la voit qu'à demy;
Que l'vn & l'autre en fin brulent de mesmes fla-
    mes
Qu'vn amour mutuel entretient dans leurs ames,
Détourne donc ce coup, & prens garde qu'vn
    Dieu
Sans estre veu d'aucun peut aller en tout lieu,
Vrayment il en fait bien parestre icy la ruse?

Adieu:ce m'est assez, pourueu qu'on ne t'abuse.

LERIANE.

Vous serez satisfait, i'ay trop d'inuentions
Pour ne pas mettre fin à ces affections:

Mais pauure Leriane, ou git ton esperance

Elle reste
seule.

Le remede du mal n'est pas en ta puissance:
Damon ayme Madonte, il est vray, ton amour
Trop extresme en sa source à mis le leur au iour;
Tes fortes passions, femme malauisee,
Leur seront desormais matiere de risee; (queur
L'entrepres d'empescher qu'Amour soit leur vain-
Moy-mesme qui ne puis le bannir de mon cœur,
Mon art se treuue court dedans l'experience
Pour tout autre que moy i'ay beaucoup de science:
Ha qu'ő s'addresse mal en me chargeãt d'vn soin
Qui me pourroit seruir en tout autre au besoin!
Tout me nuit, & les iours me durent des annees,
L'ombre me semble vn corps, vn riĕ des destinees;
Ie deteste, & i'accuse à la moindre douleur
La Fortune, le Ciel, le Destin, le Malheur,
Et pour me plaindre mieux dedans ma ialousie
Ie me forge des Dieux selon ma fantaisie;

C'est toy, Damon, c'est toy dont le seul réconfort
Peut arester ma vie, ou conclure ma mort
C'est enfin toy que i'ayme; hé Dieu que ce lāgage
Est honteux en ma bouche, & cōtraire à mō age!
Faut-il que ie retourne en ces premiers liens,
Ou les plus fortunez treuuent si peu de biens,
Faut-il donc empruntant des attraits à ma face
Entretenir encor du feu sous de la glace?
Oyseau miraculeux qui n'as point de pareil
Et qui reprens la vie aux rayons du Soleil
Que i'aurois de bonheur si ie pouuois m'attendre
De raieunir au feu qui me reduit en cendre!
Toy qui treuue des eaux & des bains si puissans
Qu'ils te peuuent remettre en tes plus ieunes ans,
Que ne puisie esperer de reprendre mes charmes
Et mes premiers attraits dedans l'eau de mes lar-
Voit-on pas des serpēs se chāger à nos yeux (mes!
Et perdre en vn moment ce qui les rendoit vieux?
Mais portant le venin de ces races mortelles
Ie n'ay pas la faueur de raieunir comme elles.
Souuent que le repos tient le monde sans bruit
Et le sommeil charmé dans le sein de la nuit,

Que les astres du Ciel & le Dieu du silence
Versent dessus nos corps leur plus douce influence
Les amours éueillez me font voir en dormant
Et goûter des plaisirs auecque mon Amant,
Des plaisirs, imitez qui plairoient à ma flame
S'ils partoient aussi bien du corps côme de l'Ame
L'Apparence pourtãt me fait plaindre au Soleil
D'auoir hasté le iour, & rompu mon sommeil,
Et ie voudrois souuent apres ce doux mensonge,
Auoir fait en veillant ce que i'ay fait en songe,
L'obiet en est si doux, ie ne le puis bannir
Ie tasche à tout moment de m'en ressouuenir;
Mais quoy, côtinuant dans ta plainte ordinaire
Tu flates ton espoir d'vn bien imaginaire,
En fin qu'esperes-tu ? cét Amant glorieux
N'entend peut-estre pas le langage des yeux
De luy faire la cour seulement de pensee
Il n'en est plus le temps, la mode en est passee;
Puisque mon amitié ne se peut faire voir
C'est à la bouche au moins de la faire sçauoir.
Ie luy veux tout au long dans vne lettre écrire,
Les sentimens que i'ay, mes feux & mon martire

Ie pourrois à ses yeux soûpirer tout vn iour
Que ce ne seroit pas coniurer son amour,
Sinon à reietter la cause de mes larmes
Sur tout autre subiet que celuy de ses charmes,
Il me faut decouurir; apreste toy, ma main
A tracer vn escrit qui surpasse l'humain, (tume
Mon Ame, que crain-tu? l'Amour n'a pas cou-
De se montrer timide, & honteux sous la plume,
Si c'est peché d'aymer, il semble que l'esprit
Ne se rend qu'a demy criminel par écrit,
Le papier complaisant aux passions des ames
Soufre sans s'allumer qu'on le charge de flames;
Ie ne suis pas nouice en matiere d'Amans
Pour ne pas abuser les meilleurs iugemens,
En fin ie m'en promets par la perseuerance
Tout ce qui peut tomber dessous mon esperance
Si que l'ayant vn iour rangé dessous ma loy
L'Amour fera parler les theatres de moy,
S'il méprise mes feux, & qu'il me congedie
Ie seray le suiet d'vne ample tragedie
Et ie sçauray treuuer au plus grand des malheurs
La satisfaction de mes iustes douleurs.

ACTE I.

SCENE III.

DAMON : MADONTE,

DAMON AV IARDIN.

LE Soleil diſſipant & la nuit & ſes Voiles
Viẽt de licentier la lune & les étoiles
Apres l obſcurité le iour eſt reuenu,
Madonte cependant m'auroit bien preuenu:
Toutesfois ce iardin témoigne en ſa triſteſſe
Qu'il eſt encor à voir les yeux de ma maiſtreſſe;
L'herbe dont le beau temps conſerue la vigueur
Parle de ſon abſence en montrant ſa langueur,
Ie la cherche par tout, ſans découvrir d'allee

Que son pié delicat ayt fraichement foulee
L'Echo que l'on entend dans ces deux fortes tours
N'a pas dit ce matin vn mot de ses amours,
Toutes les fleurs encore ont la teste baissee
Le soucy seulement entretient la pensee,
S'étonnant toutes deux de ce que mon Soleil
Semble perdre auiourd'huy le soin de son réueil,
I'entens fort peu de bruit, le Zephir a son aise
Baise toutes les fleurs pour éteindre sa braise,
Il semble entretenir les eaux de leur fraicheur
Les œillets de leur feu, les lys de leur blancheur,
Et leur rebellion qui le rend plus superbe
Le contraint quelquefois à les coucher sur l'herbe;
Ces ruisseaux de cristal, & ces veines d'argent
Ne coulent qu'a regret, & d'vn pas negligent
Mais les oyseaux muëts sur la branche mouuante
Môtrêt qu'ils n'ont pas veu la beauté que ie văte,
Il n'en faut plus douter, leur gosier aresté
Demande pour s'ouurir vne diuinité,
Et ie croy cependant que leur soin s'étudie,
A luy faire vn present de quelque melodie,
Qui fasse confesser aux arbres d'alentour

Madonte entre au theatre.

Qu'ils n'ont iamais chanté d'vn air si plein d'a-
   mour.

Chantez petits oyseaux ie vous donne licence
Voicy celle qui tient mes vœux en sa puissance
Voicy venir le iour, déployez vos chansons,
Recitez à l'enuy vos plus belles leçons
Pour la rare beauté de celle que i'adore.

MADONTE.

Entrant au iardin.

Aniourd'huy le Soleil a deuancé l'Aurore,

DAMON.

Tu fais bien de te rire en m'apellant Soleil
Celuy de ta beauté n'ayant point de pareil:
Si i'estois le soleil ie ne verrois le monde
Que pour faire admirer ta beauté sans seconde,
Et ie penserois bien qu'en fin malgré les Dieux
Pour te voir de plus pres ie quitterois les Cieux,
Ou bien ie ne luirois que sur ton hemisphere.

MADONTE.

Soleil, tu vas trop haut, mais brisons la, mon
   frere,
Changeons:

DAMON.

DAMON.

Ce nom encor qui vient de ta bonté
Pour parler de l'amour a trop de pieté.

MADONTE.

Et bien donc mon soucy:

DAMON.

seroit-il bien possible
Que mon mal t'afligeât, & qu'il te fût sensible?

MADONTE.

Ouy, mon ame;

DAMON.

Il est vray que mon ame est à toy,
Ma liberté se plaist de n'estre plus à moy.

MADONTE.

Ne disons point soleil, puisque le soleil change;
Mon ame, il ne se peut; ie diray donc, mon Ange.

DAMON.

Ange, non; reseruant ce que l'Amour prescrit
A d'autres fonctions que celles de l'esprit;
Tu dis tout m'appellant ton Damon, ton fidelle,
Ie dis tout te nommant, ma maistresse & ma
Belle:

B

MADONTE.

'A quoy bon tout cela? ie ne reuiendray plus
Si tu me tiens ainsi des discours superflus.

DAMON.

Passons sous ce berceau, Leriane peut-estre
Pourroit bien maintenant nous voir d'vne fene-
stre.

MADONTE.

Que feroit elle là qu'a peine fait-il iour
Qui la feroit leuer si grand matin?

DAMON.
L'Amour.

MADONTE.

L'Amour qui n'est qu'enfant, n'ayme que la
ieunesse
Et son âge afranchit des traits dont il nous
blesse.

DAMON.

'L'Amour ne vieillit point, & ce folâtre enfant
Comme il est tousiours ieune, est tousiours
triomphant.

MADONTE.

Dans son âge pourtant l'Amour luy feroit
  honte
Elle doit laiſſer faire à Damon & Madonte.

DAMON.

Son deſſein eſt pourtant de nous y trauerſer,

MADONTE.

Elle n'a pas deſſein ſeulement d'y penſer,
Que pourroit elle en fin?

DAMON.

ce que peuuent, Madame
Les rages d'vn tyran dans le cœur d'vne femme
Elle m'ayme, Madame, & ie fuy ſes apas
Iugez ce qu'vn amour mépriſé ne fait pas,

MADONTE.

Gardez de me donner ſuiet de ialouſie
Son amour pourroit bien troubler ma fantaiſie,

DAMON.   MADONTE.
vous riez: le ſuiet le mérite
                   DAMON.
                              h'avrayment?

B ij

MADONTE.

Leriane sçait bien s'assortir vn Amant !

DAMON.

Il faut craindre pourtant que cette rêuerie
Dans vn foible cerueau ne se tourne en furie;
Ie iurerois le Dieu que i'ay dedans le sein
Qu'elle a contre nous deux vn tres-mauuais des-
sein
L'Amour seroit honteux d'estre autheur de sa
flamę
Et n'auouroit iamais qu'il ait blessé son ame,
Le feu qui la consomme & la tient dans les fers
Est vn feu qui ne vient d'ailleurs que des enfers;
Il nous faut sagement gouuerner cét affaire
Ie sçay ce que l'esprit d'vne femme peut faire.

MADONTE.

A qui vous plaignez vous ? accusez en vos yeux.

DAMON.

Aussi me seroient ils maintenant odieux
Pour auoir aresté ceux d'vne Leriane
S'ils n'éroient faits aussi pour voir vne Diane;

Que si iamais le Ciel me rauit ton flambeau
Ie consents que l'Amour me mette son bandeau
Le penser de mon cœur se lit en cette rose
Qui, semble en ma faueur t'en dire quelque cho-
    se;
Elle est Reine des fleurs comme toy des beautez
Et bien que sa couleur marque les cruautez,
Ie l'ayme toutesfois voyant qu'elle respire
Auec plus de douceur que ne riroit Zefire
On diroit qu'elle ayt pris pour honorer ce iour
Les aisles, & les dards, & les feux de l'amour.
Cette bijarre a pris trop de couleurs ensemble
Prens garde qu'en amour ton cœur ne luy ressem-
    ble;
Considere ces lys qui s'ouurent a dessein
Pour donner la victoire à ceux de ton beau sein
Voy cette violette en sa basse naissance
Qui montre à sa façon l'effet de ta puissance,
Voila de ce costé L'Orient du Soleil
Et ce soucy pourtant se tourne vers ton œil
Il te croit vn soleil & de cette maniere
Dédaigne auec raison vne moindre lumiere:

Eſt ce pas vn plaiſir de voir ces belles fleurs
Ou la Nature a mis de ſi rares couleurs?
Semble-til pas que Flore ait fait en ce par-
　terre
Vne terre celeſte, ou bien vn ciel de terre?
Que ce iardin Royal auec ſa bonne odeur
Tire de la roſee vne aymable froideur!
Vous diriez que la nuit en retirant ſes voiles
Ayt laiſſé choir icy ſes plus belles étoiles.
Ce Narciſſe touſiours panche la teſte en bas
Penſant reuoir encor' dedans l'eau ſes apas
Et ie croy que l'amour qu'il ſe porte à ſoy-meſ-
　me
Pour n'en pouuoir iouïr luy rend la couleur bleſ-
　me.

MADONTE.

Vn inſtant voit ainſi naître & mourir l'A-
　mour
Comme l'âge des fleurs ne paſſe pas vn iour,
La fleur que l'orient du ſoleil a faiſt naître
Le couchant la flétrit , & la fait diſparaî-
　tre,

DAMON.

Les fleurs de mon amour sont maistresse du
temps
Et n'ont point de saison que celle du printemps,
Ou si c'est vne fleur que mon amour fidelle
Madonte, c'est la fleur que l'on nomme Immor-
telle:
Auant que voir du change en mon affection
Les plus parfaits amans seront sans passion,
Et dans l'opinion generale & commune
Les mépris en amour seront bonne fortune
Le myrthe a qui l'hyuer ne fait guere de peur
Sera deuant suiet a la moindre vapeur,
Et ces superbes Pins qu'on ne tire de terre
Que pour seruir de mast a des vaisseau de guerre
Abaisseront leur teste a l'égal du rosier
Et resisteront moins que le plus foible ozier
Plutost le doux raisin de la vigne feconde
N'aura plus de remede aux tristesses du mon-
de
Et les poissons muets dedans le sein des eaux
Laisseront a leur tour le silence aux oyseaux

B iiij

MADONTE.

Pour exprimer icy mon amoureux martire
Il me faudroit auoir de ces fleurs de bien dire
Mais si tu sçauois l'art de penetrer le cœur
Aussy bien que celuy de t'en rendre vainqueur
Mon fidelle Damon ie te ferois paraître
Tous les beaux mouuemens que tes yeux m'ont
    fait naitre
Que le iour deuient grand! il nous faut retirer
Ou l'absence pourtant ne nous peut separer.

DAMON.

Dans peu nous nous verrons au temple de Dia-
    ne,

MADONTE.

Ouy d'a, mon cœur.

DAMON,

      Sur tout pensez a Leriane:
Ie voudrois bien tantost qu'au temple tous les
    Dieux
Comme celuy d'Amour eussent perdu les yeux

partant du iardin du theatre.

Ils peuuent s'offencer lors que ie la caresse
Mais quoy , s'ils sont mes dieux , Madonte
    est ma Deesse
Ne faisant point de vœux à sa diuinité
Ie n'en sortirois pas auec impunité.

ACTE II.

SCENE PREMIERE.

THERSANDRE.

Trans de mon *Amour que vous tenez couuerte*
Et qui solicitez mon esprit à ma perte
Enfans dénaturez d'vn pere mal'heureux
Pourquoy retenez vous mes desseins amoureux?
Ie vous bannis, respects, de mon ame forcee
Qui me voulez contraindre à taire ma pensee,
Ma passion en fin ne se peut plus celer
L'amour est vn enfant, mais instruit à parler;
Ie voy bien que ie montre vn esprit trop docile
Et dedans sa grandeur ma flame est trop facile,

Mon courage me dit que ce seroit trop peu
Si ie n'osois iamais bruler qu'à petit feu;
Madonte m'à domté, c'est elle à qui ma vie
Treuue vn bien souuerain de se voir asseruie,
C'est l'agreable obiet dont le nom seulement
M'aporte des plaisirs au milieu du tourment
De cette ambition mon ame entretenuë
M'accuse iustement de trop de retenuë
Si i'en croy ma raison, ie luy suis inégal
Mais ie prens ses conseils comme ceux d'vn riual,
Ie croy qu'elle me trompe, & cherit elle mesme
Les rauissans auteurs de mon Amour extresme
Elle oblige souuent mon ame à des respects
Qui me rendent en fin tous ses auis suspects.
Mais ou suis-ie reduit? regarde ta naissance
Et mesure auiourd'huy tes feux à ta puissance.
Sous cette passion mon esprit abatu
Deuient sourd aux propos que luy tiët ma vertu;
La Fortune a des iours qu'on la treuue prospere;
Hé bien, volage Amour, veux-tu donc que i'e-
    spere?
Les Deesses iadis aussi bien que les Dieux

Pour aymer icy bas ont méprisé les Cieux;
Ce chasseur, au leuer d'vn beau iour qu'il adore,
Attire à soy les yeux & les vœux de l'Aurore;
Venus à qui nos cœurs ont dressé tant d'Autels
N'a pas tousiours aymé parmy les Immortels,
Et contre son humeur l'inuincible Diane
Fut elle pas reduite aux apas d'vn profane?
Ce Iuge souuerain de trois rares beautez
Donc l'arrest fut suiuy de tant de cruautez,
Apres auoir mené des troupeaux par la plaine
Fut destiné l'obiet des Amours d'vne Reine;
En fin pourquoy le Ciel m'auroit il imprimé
Le desir de l'aymer que pour en estre aymé?
Ne puis-ie pas penser que les Dieux l'ont éleuë
Pour montrer en cela leur puissance absoluë?
I'ay trop peu de courage, & mon feu cependant
Se nourit des suiets qui le vont retardant;
Ma patience cede à l'exces de ma flame, (l'ame
Ie sçauray donc dans peu, ce qu'elle a dedans
Il faut entretenir Leriane, & la voir
Pour m'instruire par elle aux poincts de mon
    deuoir.

ACTE II.

SCENE II.

LERIANE.

ATAL embrasement qui passant
iusqu'a l'ame
La reduit au danger de se perdre en
sa flame
Beaux yeux dont les attraits ont demandé ma foy
Quoy donc ne serez vous rigoureux que pour
moy?
Que me sert de treuuer en tes yeux pitoyables
Vn secours ordinaire a tous les miserables?
Hâ cruelle pitié qui me feroit mourir
Si ie manquois d'ailleurs de moyens pour guerir?

Inutile remede , inuentions friuolles
De penser secourir auecque des paroles !
C'est à faire aux sorciers qui par certains di-
*   scours*
'Aportent du mal'heur, ou du bien à nos iours
Mais le mal de l'Amour veut vn effet sensible
Pour rendre seulement sa guerison possible.
Apres auoir perdu tant de iours & de nuits
Sans auoir veu ton cœur touché de mes ennuis
Tu le sçauras, Damon, qu'vne femme abusée
Vange aux occasions son amour méprisée
La beauté qui t'a pris & sousmis à sa Loy
Ne veut pas que tu brûle & pour elle, & pour
*   moy:*
Prens-tu point mon Amour pour vn feu d'artifice
Où pour vn ieu d'enfant mes ofres de seruice?
Non, non ; mais occupé par vn obiet plus beau
Tu me vois en riant aprocher du tombeau
Il est temps d'arester cette trame amoureuse
Et dedans ton mal'heur me rendre plus heureuse,
Ie pratique vn Riual à ta foible raison
Qui portera ton ame a rompre sa prison!

I'ay l'eſprit aſſez plein de ruſe ce me ſemble,
Pour me vanger d'vn ſeul, i'en trompe trois en-
    ſemble.
Voicy de mon deſſein le premier inſtrument
Conduiſons cette affaire auec du iugement.
Que tu viens a propos! te dirai-ie Therſandre
Ce que ta paſſion n'oſeroit pas pretendre?
En fin ton homicide a conçeu dans le cœur
Des dedains aſſeurez de ſon premïer vainqueur
I'ay leu dedans ſes yeux le ſecret de ſon ame
Et les deſirs qu'elle a de répondre a ta flame,
Elle croiroit faillir de ne te pas priſer.

THERSANDRE.

Hâ que ſubtilemont tu me viens abuſer!
LERIANE.
Dy que ie viens plutoſt de faire ta fortune,
THERSANDRE.
N'a-telle point montré quelque froideur,
LERIANE.
Aucune,
Au contraire elle croit te deuoir du retour,

THERSANDRE.

Ouy, si mon sang estoit pareil a mon amour,

LERIANE.

C'est assez de l'aymer pour acquerir sa grace,

THERSANDRE,

C'est vn foible moyen de conseruer la place,

LERIANE.

Que demande vn enfans que de l'affection?

THERSANDRE.

Auiourd'huy les enfans ont de l'ambition,

LERIANE.

Mais en fin elle t'ayme,

THERSANDRE.

Elle a trop de courage

pour

Pour aymer son suiet.

LERIANE.

Si ie t'en montre vn gage
Tu le croiras peut-estre,

THERSANDRE.

Ha bon Dieu! que ce iour
Me donne en mesme temps & de crainte & d'a-
mour
Seroit-ce point l'anneau que tu m'as promis d'elle?

LERIANE.

Mais à condition que tu luy sòis fidelle
Il est pareil au sien.

THERSANDRE.

Hà quel contentement
Pardonne, Leriane, aux craintes d'vn Amant;

LERIANE.

Veux-tu que ie t'en donne vn plus grand tesmoi-
gnage
Ie te la feray veoir, tenons nous au passage
C

On va bien toſt au temple, & ie croy qu'elle ira,
Voy de quelle façon elle t'acueillera.

DAMON CACHE'.

O cieux ie ſuis trompé

LERIANE.

La voila qu'elle auance
Il luy faut ſeulement faire la reuerence.

ACTE II.

SCENE III.
DAMON.

Vstice! Cieux! Amour! & vous
Dieux immortels
Pour qui dans ce saint lieu s'éleuent
des autels,
Vangez moy maintenant par vn notable exẽple
D'vne ingrate qui fait ses vœux dans votre tẽple
O Dieux qui connoissez Damõ & ses Amours
Votre iustice peut me donner du secours,
Vous pouuez contenter mon amoureuse enuie
Punissant ses mépris, ou bien m'ostant la vie;
Si vous autorisez ses regars inhumains
N'attendez pas iamais des encens de mes mains
Et que quãd vous voudrez vostre tõnerre éclate
Ie suis assez puny de voir Madonte ingrate?

Vous seriez impuissans à treuuer vn mal'heur
Que mon cœur ressentît auec plus de douleur.

S'en est fait, ie n'ay plus le moindre feu pour elle
Ce changement honteux la rend trop criminelle
Ie suis de cette humeur que i'ayme la beauté
Qui me feroit horreur dedans la cruauté
Helas! pauure Damon, où tendent ces menaces
Le moyen de quiter tant d'apas & de graces?
Ie serois insensible, & serois vn peche
D'auoir les yeux ouuerts sans en estre touché,
Les dieux mesmes. vaincus par l'effort de ses
  charmes
Pour vãger ses mépris se treuuerroiẽt sãs armes;
Ses cheueux ou l'Amour donne toutes ses loix
Sont si chargez de cœurs qu'ils tremblent sous
  leurs poix
Et les boutons de feu de son beau sein d'albâtre
N'õt que trop de pouuoir pour faire vn Idolâtre;
D'abord quand on regarde vn visage si beau
L'œil aussi tost surpris le prend pour vn tableau,
Et pense que ce soit quelque riche figure
Ou l'Art ayt trauaillé plustost que la Nature.

Ces deux pômes d'Amour qu'õ ne voit qu'à demy
Me charment au trauers d'vn mouchoir ennemy
On me l'auoit bien dit que la belle inhumaine
peyeroit de mépris mon seruice & ma peine
Mais le croire, c'estoit faire tort à ses yeux (Dieux
Qui d'vn regard secret & caché mesme aux
M'auoiẽt trop asseurez qu'ils brûloiẽt de la flame
Qu'à dessein ils auoient ietté dedans mon Ame
Lors qu'ils fesoient estat de donner chaque iour
A ma raison nouice vne leçon d'amour:
Ces Astres dont ie prise encore l'influence
M'aprirent de l'Amour l'art & l'experience,
Ces soleils qui rendoient mes esprits si contens
M'auoient fait esperer vn eternel printemps
M'auoient fait esperer que le change des choses
Ne terniroit iamais le pourpre de nos roses;
L'infidelle qu'elle est m'auoit iuré la foy
Qu'ils ne luiroiẽt iamais pour autre que pour moy
Madonte, c'est à toy que s'adresse ma plainte
Non d'espoir que iamais ton ame en soit atteinte,
Non despoir de guerir puisque le changement
Orgueilleuse, te sert d'eclat & d'ornement.

C iij

Orguilleuse, que dis-ie ? indiscret, ie l'ofencè
Tous les Dieux outragez en prendrõt la defence
Quoy ! mon amour perdra l'vsage de parler
Voyant le sien instruit à celuy de voler
Non, non ; si son amour est si bien fait à feindre
Le mien dans ses dédains à raison de se plaindre :
A tort ie la disois vne Diuinité
Les Dieux ne changent point, & sa legereté
M'en dãne vn démẽtir, cherchãt dãs l'impossible
De ménager l'Amour comme vn bien diuisible,
Comme si la Nature auoit fait notre cœur
Capable d'enfermer plus d'vn obiet vainqueur,
L'Amour est fils vnique il n'eut iamais de frere
Bien qu'vn Dieu fort souuent ayt visité sa mere.
Beaux yeux ou mon esprit s'est trõpé si lon temps
Portez, portez ailleurs vos rayons inconstants
Criminelles beautez vous auriez trop de gloire
N'estãt plus dãs mõ cœur de viure en ma memoire
Toutes mes libertez dont ie voy le retour
Eleuent vn trophee en dépit de l'Amour.
Soufrir certains mépris, voir Madonte entre-
    prendre

De maistriser Damon, & de seruir Thersandre
Voir vn homme de rien, vn simple seruiteur
Prendre la qualité de mon Competiteur,
Thersandre dont le sang & l'estre me fait honte
Qu'il s'ose preualoir des graces de Madonte?
Auoir les yeux ouuerts, & voir que de nouueau
Elle ayt fauorisé ce riual d'vn anneau?
O Dieux! pour le soufrir changez plustost mon
    ame
Moderez au besoin mon courage où ma flame
Non non; i'ay trop de cœur, ie suis reduit au point
Du salut des vaincus qui n'en esperent point
C'est par trop differer, il faut tenter l'extresme
Ie ne soufre vn Riual qu'en l'Amour de moy-
    mesme.
Haladin! voy Thersandre, & luy dy de ma part
Que ie veux éprouuer son courage à l'écart
Fais en fin ton deuoir, si bien que cét infame
Vienne pour m'en vanger finir icy sa trame.

HALADIN.

Monsieur i'entre trop fort dedans votre interest
Pour ne me pas porter à tout ce qu'il vous plaist.

C iiij

ACTE II.

SCENE IV.

TERSANDRE, ARCAS.

TERSANDRE.

E N F I N l'Amour flechi par ma
　　perseuerance
Me permet de le suiure auec de l'e-
　sperance;
I'aymè & ie suis aymé d'vn soleil que les Dieux,
S'ils afectoient le change auroient mis dans les
　Cieux:
C'est vn contentement dont mon esprit se pique
Et qu'il faut, cher Amy, que ie te communique

Que l'art d'aymer est beau, lors qu'on ayme en
bon lieu!
Les desseins de l'Amour sõt les desseins d'vn
  Dieu.

ARCAS.

Ou plutost d'vn enfant,

THERSANDRE.

Mais plus vieil que le monde
Et dont le feu s'étend sur l'Empire de l'onde
Qui pretend droit au Ciel, qu'on adore par tout
Et dont les Immortels ne viennent pas about;
Ces superbes Geans qui leur firent la guerre
Redoutoient plus que luy, le feu de leur tonnerre;
Tout vient de ses faueurs, du seul flambeau d'A-
  mour
Est alumé celuy qui nous donne le iour,
Plusieurs mesme ont soufert vn amoureux mar-
  tire
Qu'vne bouche modeste auroit honte de dire.

ARCAS.

C'est vn abus, les Dieux ne sont point amoureux,

THERSANDRE,

A ce comte les Dieux ne seroient pas heureux,
Et ialoux autrement de l'état où nous sommes
Auroient droit d'enuier la fortune des hommes,

ARCAS.

Amy, venons enfin à l'aymable prison
Qui captiue tes sens au gré de ta raison;
I'attens vne beauté qui n'ayt point de seconde:

THERSANDRE.

Puis-ie parler icy du plus beau nom du monde
Sans me faire aussy tost vn Riual d'vn Amy?
Madonte: hâ ie denois n'en parler qu'à demy!
C'est-elle, cher Arcas, dont mon Ame est blessee
Et dont l'obiet iamais ne sort de ma pensee.

ARCAS.

Tu te trompes, Thersandre, en ces apas fla-
teurs
Songe à la qualité de tes Competiteurs;

Sur tous certain Seigneur te doit assez aprendre
Si sans impunité quelqu'vn y peut pretendre,
Considere sa suite, & ce haut apareil;
Si les moindres oyseaux adorent le Soleil,
L'Aigle seul s'en aproche, & porte à sa lumiere
Vn regard asseuré de sa force premiere.
De mesme est il permis à ton cœur d'honorer
Celle à qui seulement Damon peut aspirer.

THERSANDRE.

Ie ne crains point Damon, sçache que sa dis-
grace
M'ofre de beaux moyens de me mettre en sa
place,
Et que tout autre encor semblable à ce Riual
Me feroit aussi peu de crainte que de mal.

ARCAS.

Toutefois, cher Amy, garde toy d'vn méconte
Comment? ce Caualier auroit quité Madonte?
Que ce parfait Amant, à qui les plus longs iours
Deuant ce rare obiet sembloient estre trop cours,
Ayt changé son amour au mépris de sa belle?
Que ses feux soient passez, qu'il luy soit infidelle?

THERSANDRE.

Non pas cela:

ARCAS.

Quoy donc? que d'vn contraire éfet
Ce soleil sans defaut en cherche vn plus parfait
Qu'elle porte autre-part ses Amours criminel-
les,
Et que tu sois l'objet de ses flames nouuelles?

THERSANDRE.

Assurément:

ARÇAS.

Encor comment l'as-tu connu?

THERSANDRE.

En ce que l'allant voir ie suis le bien venu,
Que sa facilité ma bien voulu permettre
Que ie luy feisse voir mes feux dans vne lettre,
Vne lettre qu'vn Dieu ne dicteroit pas mieux
S'il estoit comme moy blessé de ses beaux yeux!
Chaque trait de ma plume estoit vn trait de
flame
Qu'Amour auec les siens graua dedans son
Ame

Les plus beaux complimens que nous fournit l'e-
sprit
Ne furent pas omis à tracer cet écrit.

ARCAS.

Vers Madonte, apres tout, tu tentes l'impossible;

THERSANDRE.

Quoy, penserois-tu point qu'elle fût insensible?

ARCAS.

Mais son sang & le tien n'ont point d'égalité;

THERSANDRE.

Arcas, l'Amour n'est point de basse qualité;
Hé qu'est-ce que l'argent? c'est vne belle terre,
L'ennemy de la paix, l'instrument de la guerre;
Mais le feu bien plus rare, & plus proche des
Cieux
Dédaigne seulement d'estre veu de nos yeux.

ARCAS.

L'or à bien du pouuoir, le Soleil & la Lune,
Qui fait passer la Nuit pour vne belle bru-
ne,

Tous les Aſtres du Ciel ne ſeroient pas ſi beaux
S'ils n'auoient la couleur des plus riches metaux;
C'eſt l'or qui fait aymer & craindre les Mo-
narques
Qui nous tire ſouuent d'entre les mains des Par-
ques
Ce fut luy qui donna le nom aux premiers temps,
Et qui ſeul auiourd'huy rend nos deſirs contens.

THERSANDRE.

Autrefois ma raiſon euſt ſuiui ta croyance,
Mais i'en fais maintenant vne autre experience,
A part tous ces diſcours; ce gage que tu vois
Tout ſemblable à celuy qu'elle porte en ſes doits
Faut-il qu'auec raiſon i'aſſure qu'elle m'ayme?

ARCAS.

Pourueu que ſon eſprit de l'vn à l'autre extréme
Ne ſe porte a la fin,

THERSANDRE.

Ie m'en remets le ſoin

HALADIN.

Therſandre, vn Caualier t'atend l'épee au poin

Au combat sur le pré, mais sans autre auantage
Que ce qui rend Damon puissant par son courage;
Tu ne sçaurois venir que trop tard au tournoy
Ou l'on pretend tirer la bague auecque toy
La bague que tu tiens, & n'as pas meritee,
Que tu deuois auoir prudemment reiettee.

THERSANDRE.

Ouy dea: c'est donc qu'il faut preuuer qu'vn amou-
Sçait à l'occasion se montrer valeureux?   (reux

ARCAS.

Hé quoy si promptement?

THERSANDRE.

*   Ce cartel qu'on me donne*
Promet à mon amour vne double couronne;
Mon bras luy fera voir en l'ayant abatu,
Que Thersandre est au moins son pareil en vertu.

ARCAS.

Mais c'est moins la vertu que l'Amour qui t'y
*   porte,*

THERSANDRE.

L'vn & l'autre, l'Amour est pourtant la plus
*   forte,*

Et l'Amour est vertu dans l'ame d'vn guerrier
Que la victoire apelle a cueillir vn l'aurier.
Laisse moy donc aller, que ie ne me hazarde
De frustrer ma valeur d'vn bien qui la regarde,
Il faut que ie luy face auiourd'huy ressentir
Les sensibles douleurs que donne vn repentir.

ARCAS.

Ie te suiuray de pres, Arcas aura la gloire
De se voir compagnon d'vne belle victoire,

HALADIN.

Iuge plus sainement, & comme tu le dois
Pour euiter vn mal.

ARCAS.

     mes armes sont de pois,
Ioint que le sentiment de nostre bien-ueillance
Oblige mon épee à montrer ma vaillance
Mais qu'est-il deuenu? l'impatient s'enfuit,
Attens, Thersandre, attens vn second qui te
 suit.

ACTE

ACTE II.

SCENE V.

LERIANE. ORMANTE.

LERIANE.

M A Niece la saison du printemps qui s'aproche (che
Oblige mõ deuoir à te faire vn repro-
On dit, mais il est vray, qu'il faut touf-
jours blâmer
Vne fille qui peut, & ne veut pas aymer;
Nôtre sexe autrement inutile à la terre
Se doit montrer instruit à cette aymable guerre
Le premier des mortels ne fut si tost formé,
Qu'on luy fit vne femme afin d'en estre aymé,

D

On doit tousiours treuuer en celles de ton âge
Vn esprit fort docile à cet aprentissage:
Les accords mutuels de tous les Elemens
Semblent-ils pas donner des leçons aux Amans?
La Terre à ses soupirs, ses froideurs, & ses
　　charmes

On feint que le Soleil est l'obiet de ses larmes,
Qu'elle est mesme ialouse alors que son flambeau
L'abandonne la Nuit pour se coucher dans l'eau;
De sorte que sa sœur qu'il luy laisse en sa place
Ne la peut consoler dedans cette disgrace,
Elle en a tant d'ennuy qu'elle en porte le dueil
Comme si son Amant estoit dans le cercueil.
La fille sans Amour est vn printemps sans rose,
Vne fleur que le iour ne voit iamais éclose;
L'Amour sans la beauté n'est pas assez puis-
　　sant:
La Beauté sans l'Amour n'a rien de rauissant:
Au lieu de ne parler que de fers & de braise
Quel plaisir de te voir d'vne humeur si niaise?
Que te peuuent seruir les moyens de charmer
Si ton beau iugement ne peut rien enfermer?

Vn esprit moins sauuage, & d'accés plus facile
Auroit auec ses yeux gaigné toute la ville,
Et cependant on dit qu'Ormante a de l'orgueil,
Qu'elle ne voit iamais Courtisan de bon œil;
Ne pense pas cueillir des mirthes de la sorte,
En matiere d'Amour l'artifice l'emporte;
Il faut étudier son geste & ses regards,
N'en affecter aucun, prendre de toutes parts;
Si l'Amour n'estoit point vne science infuse
Icy tes ieunes ans te seruiroient d'excuse
Mais ce Dieu des ardeurs se rĕd nôtre vainqueur
Si tost que la Nature a formé nôtre cœur
Nôtre corps est plutost dans celuy de la femme
Echaufé par l'Amour qu'animé par vne Ame:
Ie sçay bien que Damon épris de tes beautez
Te donneroit son cœur auec ses loyautez,
En ioignant à propos aux traits de ton visage
Ie ne sçay quel acueil des yeux & du langage.

ORMANTE.

S'il ne tient qu'à l'aymer, bien-tost vostre desir
A qui ie veux complaire en aura le plaisir

Ie veilleray, Madame, à vous rendre contente,
Par vn éfet contraire à ma trop longue attente.

LERIANE.

Nous verrons, mais sur tout sçache qu'on ne peut
   pas
Prendre facilement ces oyseaux sans apas,
Cette sotte pudeur qui parest en ta face
Fait iuger que ton sein nourrit vn cœur de glace
Il faut de la chaleur aux nuditez d'vn Dieu:
Adieu belle innocente.

ORMANTE.

Adieu Madame

LERIANE.

A dieu.

ACTE II.

SCENE VI.

DVEL DE DAMON, ET DE THERSANDRE.

DAMON.

C'EST trahir mon Amour d'vser de
patience,
Et mon retardement reprend ma con-
science.
Ha te voila voleur! sus sus pense à mourir;
La beauté que tu sers te viendra secourir
Et cét aymable anneau te sauuera la vie
Si faut-il que ta mort contente mon enuie
Et que ce bras armé me rendant le vainqueur
Coupe le nœu fatal qui t'a lié le cœur

En chemise, en chemise, afin de voir sans peine
Le sang que mon épee aura pris de ta veine
Ie la veux voir rougir de ta temerité
Qui te fait rechercher vne diuinité.

THERSANDRE.

Cet anneau que ie porte à ton defauantage
Ne peut pas aysément soufrir qu'on le partage
Il faut que ma valeur le merite à son tour,
Qu'il couronne ma force ainsi que mon Amour.

DAMON.

Ces discours superflus sont de foible defence

THERSANDRE.

Ie sçauray mieux punir, qu'exprimer ton ofence,
O Cieux! ie suis blessé mes esprits finissans
Ne me fournissent plus que des coups languissans,

DAMON.

Rens, traître, maintenant l'anneau que ma cruelle
Ne te donna iamais que pour m'estre infidelle,
Tu tenois ce beau gage en qualité d'Amant
De sa legereté, non de son iugement !

Qu'vn valet & Damon ont peu de ſimpatie,
Et que cette faueur eſtoit mal departie !
Perſide, qu'vn moment n'a pû voir ſans changer
Voicy donc le témoin de ton eſprit leger !
Vn dépit bien ardent que ie reſſens dans l'ame
Me force de guerir cette imprudente flame,
Et dedans les mépris d'vne ingrate beauté
Perdre la vie en fin comme la liberté ;
Mais tu verras deuant le ſujet deplorable
Qui me porte à la mort par vn mal incurable
Te faiſant voir l'anneau dont tu ne pouuois pas
Honorer ce Riual ſans cauſer mon trépas :
Il ſemble en cet eſtat, comme tout m'importune,
Que ie ſers de theatre aux ieux de la fortune,
Qu'elle luy veut complaire, & dedans mon
    tourment
Montrer tous les éfets de ſon aueuglement.
Coule, cher entretien de ma mourante vie
Afin que par ta perte elle me ſoit rauie
Et ques ces prez voiſins, noyez dedans mon
    ſang
Faſſent pour m'abyſmer vn aſſez large eſtang

D iiij

Aussi bien mes malheurs estât dans leur extresme
Ie brasse des desseins indignes de moy mesme:
C'est lâchetéde viure alors qu'il faut mourir
Les hommes courageux ont dequoy se guerir
L'Ame qui tient au corps en toutes ses parties,
Quand il en est besoin treuue assez de sorties.

THERSANDRE.

Amour iniurieux! enfans qui m'as deceu!
Est-ce donc la l'espoir que i'en auois conceu?
Ne te fait on enfaut que pour ietter des larmes?
Qui t'a donc empesché de soutenir mes armes?
Destins trop rigoureux! Thersandre est abatu
Que l'Amour m'aparaist vne foible vertu!
Mais ie deuiẽ plus fort, mes esprits, ce me semble
Dissipez par la peur se r'allient ensemble,
Mon iugement remis de cét étonnement
Me permet d'esperer de mon allegement
Il me faut dõc pouruoir d'vn hõme à mes blesseures
Les mains des plus experts sont tousiours les plus
 seures.

ACTE III.

SCENE PREMIERE.

HALADIN.

Il tient le
mouehoir
de Damó.

QVE m'as-tu dit, Damon? que sans
plus long sejour
l'aportaſſe en ce lieu ces reliques d'A-
mour,
Ouure les yeux, Madôte, & voyant cet outrage
Apprens y le ſuiet de mon triſte meſſage
Cette couleur de pourpre, & ce ſang répandu
C'eſt la lettre qui dit que Damon eſt perdu,
Qu'il s'eſt noyé dans l'eau pour éteindre la flame
Dont iamais ta rigueur n'a ſoulagé ſon Ame:
Ce déplorable obiet tirannique Beauté.
Te doit eſtre agreable auec ta cruauté!
C'eſt le ſang de Damon, c'eſt ſon ame fidelle

Qui te vient accuser comme vne criminelle;
Faut-il donc qu'vn si noble, & si parfait Amant
N'ayt treuué qu'en sa mort la fin de son tourmēt?
Déplorable témoin d'vne triste auanture,
Et qui dois faire horreur à toute la Nature!
L'Amour dessous les eaux a porté son flambeau
Et i'en raporte icy seulement le bandeau,
Mais ce n'est pas celuy qu'il receut de sa mere
Lors qu'il n'àquit aux bords de l'Isle de Cythere;
Qu'elle mesme à la haste ayant affaire aux cieux,
Luy voulant mettre au front, luy mit deuant les
    yeux.
Hâ sinistre accident, malheur en son extréme
Qui n'a point de second, seul pareil à soy-mesme!
Helas! qui ne croiroit voyant ce sang épars
Que ce bandeau n'est point de l'Amour mais de
    Mars?
I'aperçoy l'homicide, ô Cieux quelle rencontre
La pourray-ie aborder? faut-il que ie me montre?
Leriane la suit, il est temps de parler;
Ie suis bien resolu de ne leur rien celer.

ACTE III.

SCENE II

LERIANE, MADONTE, HALADIN.

LERIANE.

Ous voyant dans l'horreur de ce lieu
solitaire
Les yeux baissez en bas, & triste à
l'ordinaire,
Ie voulois diuertir vôstre humeur.

MADONTE.

Ie t'entends
Tu ne manque iamais d'excuse sur le temps

Toutefois brisons la; ie te feray conneſtre
Quel veritable ennuy me fait ainſi pareſtre:
A l'heure iuſtement du leuer du Soleil
Lors que ſon premier ſoin veille a ſon apareil,
Que la nuiĉt fuit le iour, craignant malgré ſes
    voiles
Qu'il rauiſſe en venant l'honneur à ſes étoiles,
En ce temps ie ſongeois, mais quoy! que ſeruira
Le recit ennuyeux que ma bouche en fera?
En ce temps le ſommeil ma donné des preſages
Qui pourroiĕt empeſcher la raiſon des plus ſages;
Bien que ce n'ayt eſté qu'vn tableau de malheurs
Ie ne laiſſe pourtant d'en ſentir les douleurs,
Ie m'en veux diuertir.

LERIANE.

                Ne croyez pas aux ſonges
Dont les plus aparens ſont enfans des menſonges,
Le ſommeil qui ſe plaiſt dedans l'obſcurité
N'eſt iamais bien d'accord auec la verité,
Et les illuſions que ce faux Dieu nous donne
Ne ſont iamais de bien ny de mal à perſonne.
Que dit on de nouueau?

HALADIN.

Que Damon est perdu

Et pour ne point tenir ton esprit suspendu

Voicy son sang diuin, dont ta rage couuerte

A cherché si long temps de voir la triste perte,

Cruelle! a cet obiet repais, repais tes yeux

A ce tragique obiet qui fait rougir les Dieux:

Damon ne pouuoit voir sa flame méprisee

Et Madonte par toy si souuent abusee

Il a batu Thersandre, & s'est ietté dans l'eau

Me chargeant d'aporter à Madonte vn anneau

Que pour gage d'Amour son riual receut d'elle;

Hâ malheureux Damon, hâ Madonte infidelle!

Cruelle Leriane, Haladin trauersé!

Horreur! effroy! malheurs! le monde est renuerté.

Il les sur prend & intercôp leur discours.

MADONTE.

Il se retire.

Dieux auez vous des yeux! vsez? vous d'vn tonnerre

Pour punir les forfaits qui se font sur la terre?

Pouuez-vous éuenter les desseins-factieux

Les pouuez-vous connestre? en fin estes vous
Dieux?

Et si vous estes Dieux, pourquoy vôtre iustice
Manque-t'elle au deuoir d'vn tres-iuste suplice?
La voila, vangez moy de mes trauaux soufers:
Ouurez pour lá punir la porte des enfers !
Cruelle acheue moy, poursuis, poursuis ta trame
Ne me laisse pas viure encore apres mon Ame;
Acheue tes desseins, acheue tu n'as fait
Encor' que la moitié d'vn damnable forfait !
Le Ciel attend en fin que tu fasse le reste
Pour punir tes fureurs d'vne mort plus funeste
Poursuis ton coup en moy, tu laisse sans raison
Le principal éfet de cette trahison
Infame Leriane ! ha perfide !

LERIANE.

Madonte,

Hé Dieu! pensez à vous, ce seroit vne honte
Que quelqu'vn suruenant vous vêit en cet estat
Dequoy m'accusez-vous ? d'vn perfide atten-
    tat?
De vous auoir rauy la moitié de vostre ame?
Hâ veritablement vous m'étonnez, Madame,

Sans doute vous viuez, ces furieux transports
Ne se font pas parestre au visage des morts!

MADONTE.

Louue, tigre cruel, va t'en à la malheure:
C'est maintenãt qu'il faut, mõ Ame, que ie meure,
Tes beaux iours sont perdus, tu n'as plus de suport
Tes Amours sont noyez, & ton Damõ est mort.
Dieux l'auez-vous permis, cruels, inexorables
Aueugles, inhumains, ialoux, impitoyables;
Comment! auez vous veu sans l'auoir empesché
Qu'vn soleil Orient se soit déia couché?
Si vous n'estiez ialoux des beautez de mõ Astre
Eußiez vous pas paré le coup de son desastre?
Dieux! a quoy songiez vous de n'aplanir les eaux
Rendant le fleuue egal aux plus petits ruisseaux?
Les feux de son Amour qui brûloient tout le
   monde
Estoient bien-sufisans de tarir toute l'onde;
Deuiez vous pas changer ce liquide cristal
A la solidité du plus ferme metal?
Falloit il pas alors rompre tous les obstacles,
Auiez vous perdu l'art de faire des miracles?

Cher Amant qu'as tu fait? hâ que mal à propos
Tu dêchire mon cœur pour te mettre en repos!
Damon en ton defaut criminel à toy-mesme
Eſt-ce aymer que quitter le ſuiet que l'õ ayme?
Ie croy que les Amours t'ayãt veu ſubmerger,
Pour t'aller voir dans l'eau võt aprẽdre à nager
Mõ ſoleil tu te tiens trop long tẽps dedãs l'õde,
Il eſt temps de ſortir, & de reuoir le monde;
Les aſtres de la nuict ſe veulent retirer,
Leurs rayons affoiblis las de nous éclairer,
Te demandent le iour, & l'Aurore t'appelle
Pour reprendre le train de ta courſe éternelle.
Sans ton bel Orient le monde eſt aueuglé,
Sans toy le temps qui court ne peut eſtre reiglé:
L'vniuers eſt en dueil, la nuict meſme s'étonne
Du pouuoir abſolu que ta perte luy donne.
Quel Dieu deſſous les eaux te peut entretenir?
Quel obiet ſi puiſſant t'y peut bien retenir?
Déia deſſus la mer la perle orientale   (le,
Viẽt ſe former des pleurs de l'Amãte à Cepha-
Les Dieux ſõt éueillez, & Ganimede au Ciel
Leur a déia pourueu de nectar & de miel

Beau

Beau sang triste témoin d'vne Amour sans secôde
Pourquoy reste-tu seul sans Damon en ce monde
Destins trop rigoureux ! que n'ay-ie le pinceau
Dont le peintre a tracé cet aymable tableau
Afin que le suiuant sur ses pas, sur sa route
I'en répande du mien autant goute pour goute.
Mes entrailles seront dedans mon desespoir
Le sepulcre viuant de son sanglant mouchoir,
Dãs mõ sein pour remede aux douleurs que i'en-
'Ce qui reste de luy prendra sa sepulture.   (dure
Et toy fatal anneau, criminel instrument
Des malheurs auenus, à mon parfait Amant:
Failloit-il que iamais ta figure infinie
Vint arester le cours de nôtre Amour vnie?
Partisan de la rage, ennoyé de l'enfer
Ton or m'est bien plus dur que le cuiure & le fer!
Metal qui sors plus beau du milieu de la flame
Qui te fit si contraire à celle de mon Ame? (beau
Fleuue, vous m'empeschez, môtrez moy mõ flã-
On voit bien le Soleil dedans le fonds de l'eau;
Dans ce cristal mouuant on voit bien vn image
Et le portrait flotant de tout ce peysage,

E

En fin ie voy dans l'eau tout ce qu'elle n'a pas
Et mon Amant qu'elle a, ne se peut voir là bas.
Les vagues & le vent parlent de mon martyre
Tout se cache à mes yeux, le fleuue se retire
Il deuient plus rapide, & semble qu'il s'enfuit
Pour s'éloigner plutost du malheur qui me suit,
Ou bien qu'il aille faire à toute la Nature
Le tragique recit de ma triste auanture :
Diuinitez de l'eau! rendez moy mon Amant!
L'eau n'est pas pour garder çe riche diamant
Mais les Dieux ocupez à voir tant de merueilles
Ont perdu pour m'ouïr l'vsage des oreilles,
D'où puis ie desormais esperer du secours
Si i'ay des Medecins qui sont deuenus sourds?
Ie reuiës dõc à toy, mouchoir, puis que ton maistre
Méprise tous mes cris, & ne veut plus paraistre
Helas! quand ie le baise, il assoupit mes sent
Et ne prend qu'a regret mes baisers innocens
Il en deuiët plus rouge & semble qu'il m'exprime
Par la honte qu'il a l'horreur de quelque crime.
Vange toy donc, Damon, vange toy de mon cœur
Dont si facilement tu te rendis vainqueur

J'attens de ton Amour l'Arreſt de mon ſuplice
Si ie ſuis criminélle à quoy ſert la iuſtice?
Immortels n'vſez-pas icy d'impunité!
Et puniſſez au moins mon importunité
Voſtre main attend trop, ma douleur me ſurmôte
Ou rendez-moy Damon, ou bien prenez Ma-
    donte
Si ie manquay iamais de conſtance & de foy
Vôtre foudre alumé ne peut manquer en moy.

ACTE III.

SCENE III.

LES PESCHEVRS.

LE PREMIER.

COMME entre associez & freres de
fortune
La pesche d'auiourd'huy nous doit
estre commune.

LE SECOND.

Nous en disposerons ainsi que tu voudras.

LE PREMIER.

Ne le portons pas loin il me lasse les bras;

On m'a dit quelquefois qu'vn mort estoit vn om-
bre :
Mais ce corps est trop lourd pour estre de ce nom-
bre.
Enfin ie ne puis plus le porter longuement
Marquons en ce lieu cy son dernier logement.

LE SECOND.

N'importe en quel endroit: mais en cette ocurrēce
Ie pretens bien au moins auoir la preference,
Ie l'ay veu le premier dans le courant de l'eau
Il eust passé sans moy dessous nostre bateau.

LE PREMIER.

Cette pesche ne peut mécontenter personne,
Voyons auparauant ce que le Ciel nous donne.

LE SECOND.

Voyons, voyons!

LE PREMIER.

      Helas! l'estrange cruauté!
Regarde cette playe ouuerte en son costé,
C'est vn assassinat, qu'en pense tu?

LE SECOND.

Ie tremble

A voir le sang & l'eau qui se meslent ensemble,
Qu'elle est large & profonde!

LE PREMIER.

Auisons sans tarder

Au cercueil que ce corps semble nous demander,
C'est sãs doute vn seigneur de remarque & de
    gloire.

LE SECOND.

Ie croy qu'il a les mains plus blãches que l'yuoire.
Silence compagnon, voicy le beau du ieu;
Vois-tu ces deux anneaux plus brillans que du
    feu.
Il ne faut que cela pour marier nos filles.
Et pour mettre en repos nos deux pauures famil-
    les,
Tous mes doigts sont tropgros, ils n'y sçauroient
    entrer.

LE PREMIER.

Ie crains fort que quelqu'vn vienne à nous ren-
    contrer.

Ce n'eſt pas d'auiourd'huy qu'vne iniuſte ſen-
tence
A mis des innocens au bout d'vne potence
Nous pourrions par malheur trouuer nôtre tom-
beau
Dedans vn Element plus releué que l'eau.
La iuſtice eſt ſouuent vne extréme iniuſtice
Qui nous pourroit peut eſtre enuoyer au ſupplice.
Amy, ſi nous eſtions ſurpris en cet eſtat

LE SECOND.

On nous croiroit ſans doute autheurs de l'attẽtat
Il le faut enterrer au bord de ce riuage,
Afin de faire apres à loiſir le partage.

E iiij

ACTE III.

SCENE IV.

L'HERMITE.

TRISTE condition du sort d'vn
pauure humain !
Il faut aller chercher des viures
pour demain   (Ame
Dieu que voi-ie icy proche vn corps pâle & sãs
O Soleil! c'est vn meurtre, à quoy te sert ta flame?
Deurois-tu maintenant luire parmy les airs
Ou nous donner le iour qu'au trauers des éclairs?
Tes feux sont criminels s'ils ne forgẽt vn foudre
Pour mettre maintenant ces assassins en poudre
Hé quoy la terre est elle encor sans mouuement
Pour ne se pas ouurir apres vn tremblement?

Miſerables mortels, animez par la rage
Qu'on craint plus ſur les eaux que les vents de
    l'orage,
Penſez vous donc celer auec impunité
Cette action brutale à la Diuinité?   (mes
Penſez-vous que celuy qui voit clair aux abyſ-
Soit aueugle en l'horreur compagne de vos crimes
Tromperez vous celuy dont les yeux ſont ouuers
Sur les plus noirs cachots de ce vaſte vniuers
Qui regarde du Ciel les geſnes qu'il prepare
Pour vous punir vn iour d'vn acte ſi barbare,
Qui gouuerne & retient le cours des Elemens
Et la terre en repos dedans ſes fondemens:
Celuy qui fait, & voit la cauſe des tempeſtes
Dont ſonnent ſa iuſtice a menacé vos teſtes,
Cét auteur ſouuerain, tout preſent en tous lieux
Ce veritable Dieu d'entre tous les faux dieux,
Qui permet les malheurs, dõt nos mains crimi-
    nelles
Tiennent le mouuement qui les à rendu telles;
S'il voit ce qui n'eſt pas, luy penſez vous cacher
Ce que tout l'vniuers ſemble vous reprocher

On ne le peut tromper, sa presence est si vraye,
Qu'il est mesme en ce corps, & réplit cette playe.
Vous auez ofensé les eaux, la terre, & l'air,
Qui pour vous acuser aprendroient à parler;
Le Iour fuiroit d'horreur du seiour ou nous sõmes
Si ce n'estoit qu'il veut vous deceler aux hommes,
Le Soleil tout honteux éteignant son flambeau
Au lieu de se coucher, se va noyer dans l'eau,
Et mesme si la Lune en veut croire son frere
On ne les verra plus dessus nôtre Emisphere.
Mes yeux détournez vous d'vn lamẽtable obiet
Retirez vous mes pas de ce triste suiet
Mon cœur pour y penser en croit estre complice;
Assassins, sans delay ie vais à la iustice.

LE PREMIER PESCHEVR.

Escoutez nous, mon Pere, & qu'il nous soit per-
De nous iustifier de ce meurtre commis;　　(mis
Nous sommes innocens, vn crime si funeste
Nous feroit plus d'horreur que la guerre ou la
　　peste
Le ciel nous est témoin si pareille action
Fut iamais seulement en nôstre intention.

Au reste, simples gẽs, sãs reproche & sãs blâme
Qui ne sçauroiët toucher de baston qu'vne rame:
Nous paſſons nôtre vie à courir ces hameaux
Et vendre les poiſſons que nous tirons des eaux.

LE SECOND.

Il eſt vray que ſurpris en l'eſtat ou nous ſommes
On nous croira d'abord les plus meſchans des hõ-
    mes
Mais bien toſt nos diſcours dans cette obſcurité
Feroient aux yeux de tous luire la verité:
Qu'on nous faſſe ſoufrir nous mettant à la geſne
Deſſus vn fait douteux vne peine certaine.
Le Ciel ſera pour nous, ce Soleil qui nous luit
Fera voir l'ipnocence au milieu de la nuit.

L'HERMITE.

Appellez vous le Ciel témoin de vos paroles
Que vous n'accompagnez que d'excuſe friuolles;
Vous eſtes innocens, aſſaſſins inhumains!
Qui vous auroit dõc mis ce corps entre les mains?

LE PREMIER PESCHEVR.

Tantoſt lors que le iour ſortoit du ſein de l'onde
Et faiſoit de nouueau ſon entree en ce monde;

Nous estions ocupez à pescher le poisson
Qui se prend aux apas d'vn subtil hameçon
Comme nous auons veu floter sur la riuiere
Ce malheureux butin d'vne main carnaciere;
De fort loin nous iugions que ce fut vn fardeau
Qu'on eust sans y penser laissé choir d'vn bateau,
Lors que ce triste obiet des rigueurs de la Parque
Est venu peu à peu rencontrer nôtre Barque,
L'ayant receu dedans auec assez d'effort
Nous fûmes étonnez d'auoir pris vn corps mort
Et nous n'auons icy dessein que de luy rendre
Le dernier des deuoirs.

HALADIN.

Ie pourrois bien aprendre
Qu'est deuenu Damon, en ces lieux écartez,
Si le fleuue rapide en ces flots irritez
Le pouuoit à la fin vomir de ses entrailles
Sans doute les amours feroient ses funerailles;
Ils viendroient tous bandez non pas d'vn voile blanc,
Mais d'vn crespe de dueil pleurer dessus son sang

Helas!ie cherche en vain;ces bônes gês peut eftre
M'en diront quelque chofe: ha mon Maiftre!
    mon Maiftre!
Eft-ce dõc toy Damõ,vous trôpez vous mes yeux
A t'il pas maintenant fa place entre les Dieux,
Eft-tu pas mort Damon? eft-ce icy ta peinture
Parle donc,fi tu vis, mon amour t'en coniure !
Au moins qu'vn feul regard me vienne confoler
S'il ne t'eft pas poßible ou permis de parler
Ne te fouuient-il plus de la voix qui t'apelle
Ny du nom d'Haladin qui te fut fi fidelle?
Quoy?faut il que prenant les qualitez de l'eau
Tu ne me puiffe encore aymer dans le tombeau?
Mon cher maiftre, Damon, contente mon ennie
S'il refte feulement vn foûpir à ta vie;
Ie m'abufe il eft mort,&fes charmes vainqueurs
Ont perdu cet éclat qui captiuoit les cœurs;
Que la mort toutefois paraift douce en fa face
Qu'elle a de vanité d'auoir pris cette place!
Cruelle deité qui n'eut iamais d'Autels
Qu'on te priue a propos du droit des immor-
    tels!

Sa bouche ne peut plus conclurre des oracles,
Ses yeux ou la Nature auoit fait des miracles
Ou le Dieu de l'amour fefoit fon firmament
Son cœur fidelle, he Dieux il a du mouuement
Cette lente chaleur, fon poux qui bat encore
Môtre qu'il n'eft pas mort: bõ vieillard que i'ho-
A qui l'âge & le têps ou vos iours sõt venus (nore
Ont donné des fecrets à tout autre inconnus
Dieu de qui vous tenez la vie & la fcience
Vous donne vn beau fujet d'en faire expe-
    rience.

L'HERMITE.

Dieu! que vos iugemens ont d'étranges reffors
Inconnus aux efprits dans la prifon des corps?
Mon Amy, dittes nous le nom de vôtre maître
I'efpere de le faire auec le temps renaître

HALADIN.

C'eft vn des principaux des Aquitaniens
Grand de fang & de nom de vertus & de
    biens,
Mais c'eft perdre le temps d'en dire d'auantage
Il nous le faut porter dedans vôtre hermitage.

L'HERMITE.
C'eſt bien dit, dépeſchons, leuez le doucement
I'ay des moyens tous preſts pour ſon allegement
HALADIN.
Mes Amis, preſtez nous vne main ſecourable
Aſſurez de ma part d'vn loyer honorable.

ACTE IV.

SCENE PREMIERE.

LERIANE.

L le faut, il eſt temps, Leriane côçoy
Vn crime à te vanger qui ſoit digne toy
Vn crime tout nouueau, crime que l'enfer meſme
Reconnoiſſe pour tien, que tu craignes toy meſme
Capable d'obſcurcir la lumiere du iour
Et tel en fin qu'eſtoit nagueres ton Amour:
C'eſt le propre touſiours des grands Eſprits de faire
(gaire
Vn crime qui ſoit grand, & rien moins que vul-
l'aurois

I'aurois peu de colere & peu d'impieté
Si ie n'entreprenois vn acte inufité,
Acte qu'au pis aller la pofterité blâme
Mais qu'on dira venir de l'efprit d'vne femme:
Le crime le plus graue en l'Ame des plus faints
C'eft celuy que prefcrit ma haine à mes deffeins;
I'ay fceu l'art d'ofencer auant que de l'aprendre,
Et ie m'en veux feruir fur Madonte & Ther-
    fandre.
Ma hayne eft en bon lieu pour répondre ample-
    ment
Au projet arrefté de vanger mon tourment;
Deux fortes paffions animent mon courage
A fufciter contre eux tous les vens de l'orage
L Amour & la fureur, deux puiffans ennemis
Ont fait croire à mes fens que tout m'eftoit per-
    mis
L'vne & l'autre au befoin extreme & violente
Semblent dire à ma main qu'elle eft vn peu trop
    lente.
Il luy faut imputer ce que la loy defent
Et l'accufer au Roy d'auoir fait vn enfant,

F

Qu'elle a cõnu Thersandre, & qu'il en est le pere
Ce qui doit reüssir ainsi que ie l'espere;
Ormante à qui l'Amour a fait goûter les fruits
Que l'on peut recueillir des plus étroites nuits
A qui le beau Damon dans l'ardeur d'vn ieune
　âge
A donné les plaisirs d'vn doux aprentissage
Porte enfin dans le sein ce qu'on ne peut cacher
Attendant tous les iours le moment d'acoucher:
Il te faut, Leriane, vser de diligence
Pour mettre au iour l'efet d'vne douce vengeãce
Madonte bien souuent passe la nuit en pleurs
Dedans son cabinet à plaindre ses malheurs
Il faut prenant ce temps, introduire en sa place
Ormante à qui la peur donnera de l'audace,
Et là pour commencer les éfets de ton coup
Décharger vn fardeau qui luy coûte beaucoup;
Puis ie verray le Roy luy maintenant sans hon-
　te
Qu'on a treuué l'Enfant dans le lit de Madonte.
I'ay déia du plaisir mesme deuant l'éfet
De repaître mon cœur en pensant au forfait

Mais qu'elle sotte peur me tient en resuerie?
Mon esprit est-il pas assez plein de furie?
Le Ciel à ces propos deuient sans mouuement,
Le Soleil qui se cache en a du sentiment;
Peut-estre que l'Enfer n'oseroit entreprendre
Tout ce que mon discours luy vient de faire en-
   tendre
N'importe, s'en est fait: pourquoy tant disputer
D'vn succes malheureux qu'on ne peut arester?
L'ocasion d'ailleurs est tousiours souhaitable
A quiconque sçait faire vn crime profitable,
L'esprit est innocent quand la necessité
Porte les mains de l'homme à quelque extremité
Et le ciel aussi bien n'ofre de medecine
A mes maux enuieillis que leur promte ruine.

F ij

ACTE IV.

SCENE   II.

LEOTARIS   SEVL.

E suis-ie pas heureux? Leriane a du bien
Qui m'oblige à noyer mon soucy dans le sien,
Mes mains ont obligé l'honneur à mon épee
La gloire à mon suiet, est tousiours ocupee,
Le bon destin me rit, mesme i'ay bouche à Cour
Pour auoir à propos vsé d'vn mot d'Amour;
Ie sçay le temps qu'il faut & parler & se taire

On ayme mon humeur qui n'est point solitaire;
Ie ne suis pas de ceux que l'on repaist de vent
Et me peye au besoin par mes mains bien souuent
Ie treuue des vertus au cœur du plus étrange
Et ie sçay la façon de dire vne loüange,
On me soufre en tous lieux, toutes mes actions
Pour mes amis & moy briguent des pensions:
Ié doute quel demon a formé mon essence
Mais le bon heur suiuit le point de ma naissance
En fin ie suis de ceux que l'on voit auiourd'huy
Ayder à pris d'argent les passions d'autruy,
Afranchir vn danger auant que le conneftre
Faire peur à la mort quand elle ose parestre:
Mais ie ne songe pas que Leriane & moy
Nous deuons ce matin nous rendre pres du Roy
Sa raison depuis peu parest enseuelie
Dans les noires humeurs de la melancholie,
Elle ne voit personne, & donne à tout moment
Quelque signe assuré d'vn mécontentement;
Il faut qu'elle ayt receu quelque trait de dif-
    grace,
Elle parle en soy mesme, elle vse de menace,

Sa douleur se fait voir iusque dedans ses yeux
Veritables témoins d'vn esprit furieux:
La voicy, ce me semble, auecque Torismonde,
Quelque trouble nouueau regne parmy le mon-
de.

Sa douleur se fait voir iusque dedans ses yeux
Veritables témoins d'vn esprit furieux:
La voicy, ce me semble, auecque Torismonde,
Quelque trouble nouueau regne parmy le mon-

ACTE IV.

SCENE III.

LE ROY: LERIANE.
MADONTE: TERSANDRE.
LE ROY.

E *N cet estat de gloire où ma valeur*
m'a mis
Il n'est point de destins qui ne me soient
amis.
Ie marche égal aux Cieux, & plus puissant en
terre
Que si i'auois vn sceptre au dessus du tonnerre,

F iiij

Et i'attens que le monde aſſuietty par moy
Comme il n'a qu'vn Soleil, ne ſerue auſſi qu'vn
    Roy;
Ma reputation égale à mes merites
Me dõne des hõneurs qui n'ont point de limites,
Mais dãs l'heureux ſucces de mes actes guerriers
Faut-il que ce malheur ombrage mes lauriers?
Ie ne puis ayſément conſeiller ma puiſſance,
Ma iuſtice à long temps diſputé ma clemence;
Fauoriſant vn crime, on offence les Dieux,
C'eſt peu d'auoir porté ma teſte dans les Cieux
Et ma iuſte grandeur au comble de la gloire
Si la rigueur des loys n'aſſure ma victoire;
C'eſt peu d'auoir borné ſes exploits de la mer
Qu'vn ſiege ou qu'vn cõbat nous ait fait eſtimer,
Si la paix qui nourrit les lois & la iuſtice
Par des impuniteℤ autoriſe le vice:
Gardeℤ bien d'outrager par quelque fauſſeté
Celle que vous marqueℤ d'vne impudicité.

LERIANE.

I'ay l'eſprit tout confus, & ie ſoufre vn martire
Mon deuoir contraignant ma langue de le dire,

Et pleignant son malheur, ie voudrois en éfet
Qu'on peust vãger sur moy le peché qu'elle a sait
Mes soins s'en remettroient dessus sa conscience
Et i'eusse creu faillir d'en auoir desfiance,
Elle semble pourtant apres cette action
Plus digne de pitié que de punition.

LE ROY.

La rigueur de nos lois défend qu'on luy pardõne
I'en fais autant d'estat comme de ma couronne
I'estime que les Dieux ne formerent les Roys
Que pour entretenir la puissance des loys;
Vn Royaume est facile à regir ce me semble
Quand le sceptre & la loy se maintiennent en-
semble.
Mais il les faut ouïr sur cette verité
Auant que de iuger de leur integrité:
Que l'on m'amcine icy Madonte auec Ther-
sandre!
Ils ont quelque raisons peut-estre à se defendre.

LERIANE.

Que vous verreʒ tantost deux esprits étonnez
Mais que leur conscience à déja condamneʒ

I'ay de l'horreur pensant aux secrettes pratiques
Dont ils blessoient l'honneur de nos Dieux do-
    mestiques,
Ils auront de la peine à se iustifier.

MADONTE.

Dieux!a qui desormais se peut on plus fier?

LE ROY.

Madonte,failloit-il que pour estre si belle
On vous veît auiourd'huy deuant moy crimi-
    nelle?
Peut estre-eussiez vous creu faire vne nouueauté
Conseruant de l'honneur auec de la beauté!
T'hersandre pensiez-vous sans honte & hors de
    blâme
Contenter auec elle vne amoureuse flame?
Et vous en qui ma Cour treuuoit tout son bôheur
Comment auez vous fait ce tort à vôtre hôneur
Assurez vôtre esprit, qu'auez vous a répondre?

MADONTE.

Etrage calomnie!ô cieux pour me confondre
Que vous me preparez de malheurs à la fois!
Ce coup inopiné me derobe la voix;

Ie ne sçay que penser, & ma raison confuse
Me permet la parole, & puis me la refuse;
Cruelle Leriane, ose tu bien sans front (afront?
Attaquer mon honneur, & me faire vn
Auec quelle fureur, & par quelle imposture
Croy-tu venir à bout de cette procedure?
Ton esprit plus cruel qu'vn lion irrité
Veut trop insolemment brauer la verité
Les preuues feront voir sans beaucoup d'artifice
Des marques de ta rage & de ton iniustice;
Le Ciel m'en est témoin, tout ce que i'ay commis,
C'est de m'estre flatee auec mes ennemis;
Vn forfait inuenté par vn esprit d'enuie
Ne me rauira point l'honneur auec la vie.
Grand Prince que le Ciel assuiettit aux loys
Mais qu'il éleue aussi sur le reste des Roys,
Punissez, punissez cette rage animee.
Qui porte ses desseins contre ma renommee.
I'atteste la iustice, & tout ce que les Dieux
Ont iamais estimé de plus saint sous les cieux
Vous verrez au combat cette iniuste licence
Malgré tous ses efforts ceder à l'innocence

Le Ciel ne verra point mon honneur débatu
Sans montrer son courroux témoin de ma vertu.

THERSANDRE.

Grand Roy dont la iustice est par tout dans
    l'estime
Que chacun reconnoist pour vainqueur legitime,
Et qui se fait valoir par crainte ou par Amour
Iusqu' aux lieux reculez ou se cache le iour
Permettez qu' au combat ie preuue cette outrage
Qui semble menacer nôtre honneur d'vn naufra-
  ge,

LERIANE.

Ie ne l'empesche point; en niant le forfait
Le coupable n'a pas pour cela satisfait.

MADONTE.

Infame, peux-tu bien prononcer ces blasphesmes
Sans craindre de tomber dans les mains des
    Dieux mesmes?

LE ROY.

Icy ie voy du crime, ou de la trahison;
Qu'on meine cependant l'vn & l'autre en prisõ.

ACTE IV.

SCENE IV.

LERIANE ET SES DEVX NEVEVX.

LERIANE.

HERS Neueux dont les mains
sont tousiours ocupees
A chercher de la gloire au bout de
vos épees,
Si iamais vos vertus ont tenté les hazars
Et cueilly des lauriers dedans le camp de Mars
Cette ocasion s'ofre à faire vos fortunes
Preparant au combat vos forces non communes

Vous faites trop d'état de mon affection
Pour ne vous pas porter à pareille action,
Le dueil ordonné pour tirer témoignage
D'vn crime tout certain fait à nôtre auantage;
Icy i'attens de vous le secours assuré
Et que dans vôtre humeur i'ay tousiours esperé,
Il faut battre Thersandre, & luy laisser des
    marques
Qui fassent redouter vôre nom chez les parques
Mais s'il n'est pas besoin de montrer le laurier
Pour exciter l'ardeur d'vn courage guerrier,
Ie n'attens pas qu'aucun de vous deux s'en dif-
    pence
Vous fesant esperer vne ample recompence.

LEOTARIS.

Madame, ie tiendray mon destin trop heureux
De vous rendre vn seruice en homme valeureux,
Tous les Dieux côiurez pourroient m'estre con-
    traires
Vos vœux me passeront en des loys necessaires
Et vos simples desirs en des commandemens;
S'il ne tient qu'à changer l'ordre des Elemens,

LERIANE,

Ce n'est pas, cher Neneu, ce qu'il faut entre-
prendre
Mais penser seulement à combatre Thersandre
Et si quelqu'autre encor se presente au combat.

LE SECOND NEVEV.

Nous subirons l'éfort par maniere d'ébat;
Ie veux à ma faueur que la flame du foudre,
Fussent-ils des Geans, en fasse vn peu de poudre;
Si Thersandre sçauoit seulement mon dessein
La crainte luy mettroit la mort dedans le sein
Mes armes sont de poix, mais à l'efet le reste
Le iour heureux pour nous leur sera bien funeste.

ACTE IV.

SCENE V.

DAMON: HALADIN.

DAMON.

OV̀ suis-ie? sur la terre? aux enfers? dans les Cieux?
Aux Cieux, non; car ce lieu ne porte point de Dieux.
Aux enfers, moins encor; car ie ne voy point d'Ames:
Sur terre, il ne se peut, puisque brûlé des flames
I'ay cherché de mes maux le remede en ma mort
Ou m'a donc transporté la rigueur de mon sort?

Qui

Qui m'auroit des mortels tiré du sein de l'onde
Qui m'a remis au iour, & fait reuoir le monde?
Ie pense que ce lieu cache de ces beautez
Qu'on honoroit iadis du nom de Deitez:

HALADIN.

Grace aux Dieux tout va bien, vrayment ce bon
   Hermite
A de l'experience, & beaucoup de merite;
Possible que mon maistre hors de sa pamoison
Aura pû recouurer sa pleine guerison:
Hâ mon maistre!

DAMON.
Haladin

HALADIN.
      Monsieur prenez courage.

DAMON.

Hé bien cher Haladin as tu fait ton message
Qu'à t'on dit à la Cour sur le bruit de ma mort?

HALADIN.

Chacun s'est étonné qu'vn courage si fort

G

Suiuant les mouuemens d'vne amoureuse enuie
Ayt porté ses desseins contre sa propre vie
Plusieurs de vos Amis ont versé tant de pleurs
Que ie n'en pourrois pas exprimer les douleurs.

DAMON.

Et Madonte Haladin?

HALADIN.

     Cette Dame infidelle
Tost apres le combat en receut la nouuelle,
Alors ie luy donnay le mouchoir & l'anneau
Que ie repris apres estant sorty de l'eau
Ou tombant comme vous ie reuins à la nage
Malgré les flots de l'onde écumante de rage:
Ie la laissay fort triste & dedans vn transport
Ou l'Amour en son cœur fesoit vn grand effort
Puis troublé que i'estois sans poux & sans ha-
 leine
Ie vous cherchay par tout auec assez de peine:
Déia n'esperant plus de vous reuoir vn iour
I'accusois tous les Dieux du crime de l'Amour

Lors que ie rencontray des pescheurs au riuage
Qui vous auoient tiré du milieu de l'orage,
Incertains qu'ils estoient de vôtre qualité
Ils la vouloient tirer de ma facilité:
Mais cachant vôtre nom, & celant ma pensee
Ie voulus taire aussi l'auanture passee,
Ie vous fis apporter en ce lieu retiré,
Où vous auez guery d'vn mal desesperé,
L'hoste de ce desert vous rend ce bon office,
De vous sauuer la vie au bord du precipice.

DAMON.

C'est ainsi que les Dieux me gardant de la mort
Me tirent des écucils pour m'aftiger au port,
Vn oyseau met les eaux dans vne paix profonde
Que vainement ie cherche aux plus beaux yeux
    du monde,
La Mer treuue du calme au nid des Alcions
Et ie n'en puis auoir dedans mes passions:
Haladin, le premier qui fut vrayment fidelle
Retourne voir encor' cette douce Rebelle
Et sans dire où ie suis, dy luy que ces beaux yeux
M'ont fait pour les renoir abandõner les Cieux,

Inſtruits toy ſi touſiours Therſandre l'importune
Comme le bruit commun parle de ma fortune
L'eau ne m'a pas changé, ie ſuis touſiours égal,
A ne ſoufrir iamais le concours d'vn Riual
Mon braue, mon repos pend de ta vigilance.

HALADIN.

A cette occaſions l'entiere obeyſſance
Que peut tirer de moy vôtre commandement
Vous donnera ſuiet de tout contentement:

DAMON.

Tâche donc de fléchir ſon humeur trop altiere
Haladin, c'eſt Damon qui t'en fait la priere.
Il ne fait que partir, & déia mon Amour
Se montre impatient d'attendre ſon retour;
Ie vay d'icy deſſus conſiderant la plaine
Diuertir par mes yeux mon eſprit de ſa peine:
Du haut de ce rocher mille diuerſitez
Viennent flater mon ame en ſes aduerſitez
Si bien qu'en ce plaiſir & cette concurrence
Mon œil ne ſçait à qui donner la preference

Ie croy que ce peys fut celuy que les Dieux
En creant l'vniuers acomplirent le mieux;
De ce costé ie voy le fleuue à qui l'enuie
N'a pû persuader de m'oster de la vie,
De cet autre, l'émail, & la verdeur des champs
D'où l'hyuer auroit peur de chasser le printemps
Ha Dieu! voila la ville ou regne Torismonde
Mais ou regne plustost la plus belle du monde.
Que cet obiet me plaist, qu'il est doux à mes yeux
Ces murs dont la beauté consiste d'estre vieux,
Dont les antiquitez venerables & saintes
Nous font voir des Cesars les Images dépeintes;
Tout cela me rauit, mais sur tout la maison
Ou Madonte autrefois me tenoit en prison;
Il me semble la voir au trauers des murailles:
Mais quel subtil venin se coule en mes entrailles?
Quand ie voy sa maison, ie me ressens touché
Et ie m'échaufe encor' à ce Soleil caché,

Damon n'est dõc pas mort, importunes pẽsees
Qui me viennent parler de mes flames passees
Ie vis encore, hé Dieux! pour qui reseruez vous
Le foudre merité de vos iustes courroux

Il desc

G iij

Pourquoy fuy-tu de moy mort trop inexorable
Qui t'empesche auiourd'huy de m'estre secoura-
Que ne me rauis-tu la lumiere du iour 　　　(ble?
Aussi tost que mon ame eut conceu de l'Amour?
Amour, mais qui me met ce mot dedans la bouche
Quel sensible eguillon si viuemēt me touche (suit
Quelle ombre, quelle horreur vainemēt me pour-
A quel point de malheur le Ciel m'a t'il reduit?
Ces Tyrans inhumains qui dépeuplent la terre
Ne me pourroiēt pas faire vne plus rude guerre,
Et dedans ma défaite vn barbare vainqueur
En m'abatant le corps me laisseroit le cœur
Mais ce dieu me l'arrache, & se rit de sa peine
Lors qu'il le voit souffrir sous l'efort de la gesne
Que fais-ie helas! ou suis-ie? & quelles visions
Me trauaillent l'esprit par des illusions?
I'ay sans cesse à mes yeux cette Amante rebelle
Qui fit brûler mon cœur d'vne flame si belle
Et dont la cruauté dédaignant mon amour
Fit mourir vn enfant qu'elle auoit mis au iour.
Deurois-tu pas Captif sortant en fin de peine
Oposer maintenant le mépris à sa haine?

Ce cœur de diamant se moque de mes feux,
Et ie ferois estat de luy donner des vœux!
Non nõ, le Dieu d'Amour n'est qu'vne frenesie
Qui n'eut iamais d'autels que dans la fantaisie
Degageons mon esprit d'vne si sotte erreur
Que son nom seulement me fasse de l'horreur
Ha! ie n'ay plus de cœur qui soit propre à ta flame
Mes mains ont desapris de tirer à ta rame,
Madonte ne croy pas qu'vne seconde fois
I'oblige ma raison d'obeyr à tes lois
Ie ne voy plus en toy ny d'apas ny de charmes
Qui puissent meriter la moindre de mes larmes;
En fin ie te méprise, & ie fais vanité
De voir sans déplaisir ton infidelité,
Ie iure que mon mal me sera salutaire
Que ie croiray pecher de te vouloir complaire.
Cessez cessez soûpirs qui m'allez étoufant
Les pleurs sõt pour l'Amour, puisque c'est vn en-
Ie prepare vn remede à mon ame aueuglee (fant
Qui rendra desormais mon humeur mieux reglee
Hé que ce soit Madonte! oublions ce qu'elle est
Si son visage est beau, son esprit me déplaist

G iiij

Mais de quel changement mon Ame trauersée
Condamne mon discours, accuse ma pensée?
Vne nouuelle ardeur maistresse de mon sein
Me vient representer l'horreur de mon dessein.
Lombre s'enfuit de moy, ma colere me quitte
Le iour croist à mes yeux, mon amour ressuscite,
Ce crime m'a rendu les sens mal assurez
Tous ces propos, le Ciel les aura censurez,
Madonte aura bien sceu de cette antipatie
Les Amours qui m'ont veu l'en auront aduertie:
Ne les croy pas, ma Sainte, eux mesmes reuoltez
Ont prophané par moy l'honneur de tes beau-
　　teZ.
　　Mais Haladin reuient, dieux son triste visage
Ne presente à mes yeux qu'vn sinistre presage
Vous voila de retour.

HALADIN.

　　　　　　　Monsieur l'étonnement
De mon esprit confus m'oste le iugement
Le sinistre accident d'vne Dame pariure
A vangé maintenant vôtre amour d'vn iniure

Preparez pour l'entendre vn esprit aussi fort
Qu'il faudroit pour subir l'arrest de vostre mort.
Il court vn mauuais bruit parmy la populace
Que depuis peu Madonte a disamé sa race
Qu'elle a cõnu Thersandre, & que ce suborneur
Pour assouuir sa flame a perdu son honneur;
Le Roy ne la voit plus que d'vn œil de iustice
Et parle de la perdre auecque son complice
L'vn & l'autre dans peu seront executez
Car dèia les témoins ont esté repetez,
Ils ont tant fait pourtant par des torrens des lar-
     mes
Qu'on a remis l'afaire à la preuue des armes.

DAMON.

Ie me pâme, ie meurs, la lumiere m'ennuit
Ma force m'abandonne, & ma chaleur s'enfuit
Ie ne suis plus à moy, rien ne m'est volontaire,
Ie veux & ne veux pas & parler & me taire:
Helas qui pourroit voir nos Ames dãs nos corps
Auroit pitié de voir la mienne en ses transports:
Car i'en suis à ce point que ie soufre vn martyre
Si plein de cruautez que l'enfer n'est pas pire,

Ie n'ay point de discours qui marque assez d'hor-
　　reur
Pour peindre cõme il faut mon amoureuse erreur
Les petits soins en fin treuuent qui les console
Mais tousiours les plus grands ont manqué de
　　parole
Ma face parle assez, & changeant de couleur
Se charge de seruir de voix à ma douleur:
Songe à toy toutefois, & reuiens à toy mesme
Ton cœur ne consent pas à cette couleur blesme
Non, ie n'en croiray rien, Madõte a moins de fiel
Qu'vne chaste colombe, ou qu'vn Ange du Ciel;
Ie la tie nt innocente, vn feu plus legitime
Auroit porté son ame à l'horreur d'vn tel crime
Dieux qui conoissez tout, cõmẽt auriez vous fait
Vn esprit si diforme en vn corps si parfait
Pourquoy donc soufrez-vous des faussetez con-
　　tr'elle
Sçauez vous pas qu'elle est aussi chaste que belle?
Sus, sus; sans diferer allons la secourir:
　　　　HALADIN.
Comment sauuer la vie a qui vous fait mourir,

Sauuer vne beauté qu'vn autre amour engage?

DAMON.

Cesse, cesse Haladin, de tenir ce langage
C'est vn fait resolu, ie veux malgre le sort
Qu'auiourd'huy mon pouuoir la tire de la mort.

ACTE IV.

SCENE VI.

Le Roy, Madonte, Thersandre, Leriane,
Leotaris, le second Neneu de Leriane,
Damon, ou le Cheualier au Tigre.

COMBAT PVBLIC.

LE ROY.

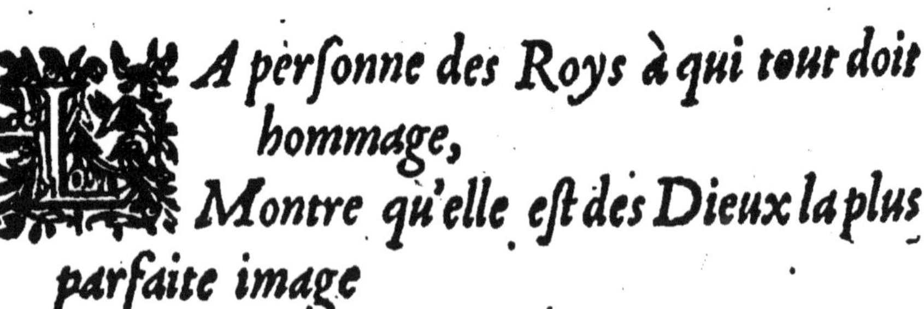

A personne des Roys à qui tout doit
　　hommage,
Montre qu'elle est des Dieux la plus
parfaite image

Nous tenons comme Dieux la iustice en nos
    mains
Qui nous donnent le droit de la rendre aux hu-
    mains;
Ils conduisent le ciel, nous gouuernons la terre
Arbitres souuerains de tout ce qu'elle enserre,
Les Rois auec les Dieux n'ayãts qu'vn mesme
Dõnēt à leurs suiets & la vie & la mort, (sort
Mais faut-il exercer ce pouuoir à ma honte
Dans le sang d'vn Amy par la mort de Madõte?
La iustice plus forte & maistresse du Roy
Contraint mes volonteZ d'obeyr à la loy,
Sus donc sus au combat montrons nôtre puissance
A punir le forfait, ou preuuer l'innocence.

LERIANE.

Ces deux guerriers sont prests.

THERSANDRE.

                Thersandre l'est aussi,
Meschante, ton forfait te donne du soucy

LEOTARIS.

Si la victoire estoit pour le plus temeraire
Tu l'aurois tout aquise, & comme necessaire.

LE SECOND NEVEV.

Laiſſons tous ces diſcours, & venons à l'éfet

THERSANDRE.

C'eſt tout ce que i'attens : ô cieux ie ſuis défait!

LE CHEVALIER AV TIGRE.

Tréue, tréue, guerriers, la fortune vous donne
Par cet homme abatu l'honneur d'vne couronne
Mais à condition de le perdre auec moy
Au combat entrepris ſous le congé du Roy

Se tour-
nant vers
Madonte

Toutefois ne pouuant vous rendre la iuſtice
Sans en auoir licence & deſſous vôtre auſpice
Ie receuray de vous l inſtrument dont les Dieux
Deſirent faire apres vn aſtre dans les cieux.

luy met-
tant l'é-
pee en
main.

MADONTE.

Genereux Caualier, à qui le ciel inſpire
Le glorieux deſſein de finir mon martire!
Innocente, & pourtant bien confuſe en mon
      cœur
I'eſpere que les Dieux vous rendrons le vain-
      queur

Et que vôtre valeur s'vniſſant à vos armes
En me ſauuant l'honneur, areſtera mes larmes.

LE CHEVALIER AV TIGRE.

Baiſſant
vn peu ſa
voix.

L'enfant qu'on vous ſupoſe oblige vn autre Enfant
De rendre par ce bras vôtre honneur triomphant:
Ce ſera maintenant des vertus indomitables

Se tour-
nant vers
les com-
batans.

Depuis l'attouchement de ces mains adorables,
Et l'enfer coniuré de leur donner ſecours
Ne m'empeſcheroit pas de terminer leurs iours.

THERSANDRE. ABATV.

Ie ne ſuis ofensé qu'afin qu'il ayt la gloire
De r'emporter luy ſeul le pris de la victoire.

LEOTARIS.

Contre deux!

LE CHEVALIER AV TIGRE.

      Ie veux voir l'vn & l'autre abatu
Sans auoir de ſecond que ma ſeule vertu

C'est vn parfait Amy que iamais ne me quitte
Et se iette tousiours du costé du merite.

LEOTARIS.

Ces discours sont puissans,

LE CHEVALIER.

Le succes fera voir

Que ce bras contre vous a bien plus de pouuoir;

Ce guerrier indomté qui fit tant de conquestes
Mit a bas sans second vn Monstre de cent testes
Et vous n'estes que deux.

LE SECOND NEVEV.

Hercule estoit vn Dieu

LE CHEVALIER.

Vous m'épreuuerez tel sans partir de ce lieu

Il se bat-
tent &
Damon
reste vain-
queur.

ORMANTE AVX PIEDS DV ROY.

Sire, la verité presse ma conscience
De venir à vos piez demander audience,

Sur

Sur vn fait important au combat ordonné
Pour debatre l'honneur d'vn couple infortuné,
C'est moy qui suis la mere, & merite le blâme
De l'enfant qu'auiourd'huy l'on supose à Ma-
    dame,
Ie ne sçaurois plus voir l'innocence en danger,
Que ma confession peut icy dégager.
Tu d'eusse, Leriane, acuser de toy-mesme
Les brutaux mouuemẽs d'vn amour trop extrẽs,
Elle est seulé coulpable, Ormãte n'a riẽ fait (me
Que seruir d'instrument à ce noũueau forfait,
Ayant deshonnoré ma ieunesse abusee
Vn enfant luy rendit son entreprise aysee,
Alors elle abusa de ma simplicité
Et me fit consentir à son impieté:
M'introduisant au lit de Madonte endormie
Dont elle fut tousiours capitale ennemie,
Elle m'y déchargea du fruit d'vn sale Amour
Au milieu de la nuit comme indigne du iour.

LE ROY.

Dieux auez vous soufert vne telle imposture
Sans voir l'ordre troublé de toute la nature?

H

Pour vn moindre accident autrefois le Soleil
Retourna se cacher au lieu de son réueil
Mais i'ẽpescheray biẽ qu'on mette en mõ histoire
Ce tragique recit qui terniroit sa gloire:
Méchãte à quel dessein? mais quoy qu'elle raison
La pourroit excuser: sant la mettre en prison

Soldats que de ce pas on la traine au suplice.

LERIANE.

Hâ pauure Leriane! he Dieu que la iustice
Voit clair sous son bãdeau! que les sens aueuglez
Donnent des mouuemens fâcheux & déreglez!
Ta rage est reçonnuë, & ta ruse éuentee
Tu ne te peux sauuer, ta perte est arestee,
Hé quest-ce que i'attens? allons dõc, mais ie croy
Que la mort aura peur de s'aprocher de moy
Ma trame estant du Ciel par les Dieux décou-
Les siecles à venir apreunerõt ma perte, (uerte
On va punir de feu, celuy de mon Amour;
Allons, retardant plus i'obscurcirois le iour
Le Ciel en me perdant veut ruiner le vice.

LE CHEVALIER AV TIGRE.

M'emploirez vou:, Madame, à quelque autre
seruice?

MADONTE.

I'oseray vous prier de deux points seulement
D'ou depend mon repos, & mon contentement,
De me dire le nom de l'auteur de ma grace
S'il ne m'est pas permis de le voir à la face.
Et me conduire apres iusque dans ma maison
Qu'on ne me brasse icy quelque autre trahison.

LE CHEVALIER.

Bien qu'assigné d'aller ou mon deuoir me presse
Ie verray le palais qui loge vne Deesse;
Le Cheualier au Tigre est vn nom emprunté
Que i'ay pris pour sauuer vne chaste beauté
Quoy qu'elle m'ayt souuent la liberté rauie
Et me donne la mort en soûtenant sa vie.

H ij

ACTE V.

SCENE PREMIERE.

MADONTE. THERSANDRE.

MADONTE.

NEsçais-tu point, Thersandre, ou seroit
ce vainqueur
Qui m'a sans l'auoir veu rauy l'ame
& le cœur
Ie ne te puis cacher que ie brûle d'enuie
De voir ce Caualier dont nous tenons la vie
Hâ Dieu qu'il fesoit bien ! qu'il auoit de vertu,
Et qu'il vint à propos quand tu fus abatu,

Qu'alors il fesoit beau le voir à la barriere
Demander le combat d'vne façon guerriere
Ne respirer que gloire, auoir le bras trouſsé
Et pareſtre plus fort qu'vn lion courouçé,
Ie ne ſçay qu'elle eſtoit la beauté de ſa face,
Mais ſes geſtes guerriers acompagnez d'audace
Sa main acoutumee à tenter les hazards
Ne pouuoient pas venir d'vn autre que de Mars
D'vn autre que d'vn Dieu, qui remportant la
   palme
Oblige mon honneur, & me remet au calme.

T. HERSANDRE.

Ie ne ſçay quel Genie alors le fit armer
Que mon eſprit confus eſtoit comme vne mer
A qui l'Aſtre du iour luy cachant ſa lumiere
Fait perdre en vn moment ſa bonace premiere;
Il ſemble que le vent diſpute auec les flots
De la perte, ou du bien des pauures matelots
Les eaux dãs vn grãd bruit oſent porter leur teſte
Iuſqu'au lieu qui conçoit l'éclair & la tempeſte
Tout le monde en danger ne penſant plus au port
Tâche de treuuer bon de ſe rendre à la mort:

H iiij

La plus forte raison se tourne en resuerie,
L'vsage n'y peut rien, l'art cede à la furie,
La crainte fait tomber les rames de la main
Et rien ne peut fléchir ce Dieu trop inhumain
Lors qu'vn rayon du iour au trauers d'vn nuage
Vient aux vœux du nocher dissiper tout l'orage.
Le Soleil & plus clair, & plus beau que deuant
Donne le calme aux eaux, & la douceur au vẽt:
Ainsi dans le malheur que nous tramoit l'enuie
Mes sens ne pensoient plus d'entretenir ma vie,
Le danger que couroit vôtre honneur & le mien
M'auoient mis en estat de n'esperer plus rien
I'auois le sang gelé, mon cœur estoit de glace
Et ce succes douteux auoit troublé ma face:
Madame, excusez moy, si ie benis le iour (mour
Que vos yeux par les miens m'inspirerent l'A-
La Beauté, cette Reine & maistresse des Ames
Se fait tousiours cherir au visage des Dames;
Mais ie me blâme aussi de la presomption
Qui fit trop esperer à mon Afection,
Et me rendit credule à toutes les malices
D'vne femme subtile, & faite aux artifices.

MADONTE.

Therſandre, laiſſons là ces accidens paſſez
Qui n'allegeront pas mes eſprits trauerſez
Penſons à quel deſſein le ciel nous voit pareſtre
Sous la ſimplicité de cet habit champeſtre.

THERSANDRE.

Pour chercher ce vainqueur, & voir ſi dans les
   bois
On vit plus en repos, que dans la Cour des Rois
Pour reſpirer la paix, & voir ſi la fortune
Sous l'habit des bergers n'eſt point moins impor-
   tune.

MADONTE.

Allons donc, ie remets à ton integrité
Le depoſt important de ma pudicité.

H iiij

ACTE V.

SCENE II.

DAMON, HALADIN.

DAMON.

H E L A S! quand i'ay rceu cette douce
　　aduersaire,
　　A qui dans le danger ie fus si necef-
saire
I'auois iuré cent fois de ne la plus aymer
Et soudain i'ay senty mon feu se r'allumer:
Ainsi souuent les flots reiettent du riuage
Vn vaisseau malheureux au plus fort de l'orage,

Et le nocher rauy des delices du port
Se retreuue reduit au pouuoir de la mort.
L'Amour du mouuement & du vent de ses aîles
R'anime tous les iours mes flames immortelles
Et malgré le pouuoir de l'absence & du temps
Il nourrit dans mon cœur des vœux tousiours con-
Pourquoy pris tu, Damõ, l'épee en sa defẽce (stãs
Son malheur seruoit il d'excuse à son ofence?
Non, non; mais regardant cet obiet gracieux
Ie veis bien qu'elle auoit ma fortune en ses yeux
Reduit en ces deserts par sa rigueur extresme
Ie doute si ie suis encor celuy-là mesme,
Que l'ingrate autrefois ayma trop promtement
Pour garder vn ardeur iusques au monument;
C'est ainsi que les biẽs que nous auons sans peine
Ne nous donnent iamais qu'vne ioye incertaine
Les fruits ne durent pas que l'on a trop hátez,
Et ne peuuent soufrir la chaleur des Estez
Son amour qui iadis préuint mon esperance
Ne s'est pû conseruer par la perseuerance :
Mais ou suis-ie reduit? & quelle passion
Me fait par tout courir sans resolution?

Combien de criminels ont treuué des delices
Des roſes, & des lys au milieu des ſuplices!
Combien de malheureux ont tiré leur ſuport
De leur propre courage, & du ſein de la mort?
Ou moy ſuiet encore à ma premiere flame
Ma valeur n'oſeroit diſpoſer de mon Ame,
Et touſiours ma raiſon ſe meſle en mon tourment
Qui me fait eſperer quelque ſoulagement.
Agreable peys, qui nourrit des Bergeres
Dont le cœur n'eut iamais de flames paſſageres
Ou ce petit Tyran qui donne de l'Amour
N'eſt du tout ſi changeãt qu'il eſt dedans la Cour
On n'entend point d'Amans en cette ſolitude
Se plaindre iour & nuit de leur ſolicitude:
Son Empire eſt ſi doux que biẽ ſouuẽt les Dieux
Pour venir en Foreſts ont mépriſé les Cieux,
Et lors que leur colere alume le tonnerre
On ne le voit iamais tomber ſur cette terre;
Ce lieu plein de parfums dans vn rauiſſement
A force d'admirer m'oſte le ſentiment.
Attendant que quelqu'vn paroiſſe dans la pleine
Prenons quelque repos pres de cette fonteine

Ie puis entrer sans crainte en ce sombre seiour,
Qui parest seulement estre ennemy du iour.   *Il se cou-*
Mais déia mon Amour est icy découuerte   *ché sur*
Il semble que cette eau m'entretient de ma perte, *l'herbe.*
Ces arbres comme instruits de ma ferme amitié
Iettent à mon abord des larmes de pitié;
Ie suis connu partout, & les oyseaux font gloire,
De mettre sur leur chant ma déplorable histoire,
Ce Rocher complaisant à l'humeur ou ie suis
Parle auec moy des maux ou mes iours s'ōt reduits
Mais le Ciel me regarde, & soufre que ie die
Qu'il n'a point de pouuoir contre ma maladie;
Les beaux iours quelque fois se fōt voir aux pri-
sons
Les venins plus mortels ont leurs contrepoisons
Le Cerf estant bleßé treuue enfin son remede,
Mais dedans mon malheur rien ne s'ofre qui
    m'ayde,
Et ie croy que les Dieux font pour des animaux
Ce qu'il n'est pas permis d'esperer en nos maux.

LA VOIX.

Damon, Damon :

DAMON.

Helas ! le Ciel m'acufe,
Du crime que i'ay fait, ou ie n'ay point d'excufe.

LA VOIX

Tréue de tes regrets rare & parfait Amant;
Espere toufiours mieux de ton contentement;
L'obiet infortuné de ta mortelle ennie
Moura pour te donner la vie;
Commence donc icy de viure deformais,
Dans l'attente de voir ce que ie t'en promets.

DAMON.

Ie doute que ce lieu foit celuy des oracles,
Ou fe plaifent les Dieux de faire leurs miracles;
La voix dit que i'efpere, & l'efpoir eft le point
Ou confifte le bien de ceux qui n'en n'ont point
Mon efprit étonné de ces rares merueilles
Doute s'il s'en doit croire au raport des oreilles.
Mais d'où vient qu'Haladin n'eft pas encor icy?
Rien ne peut l'excufer ; toutefois le voicy ;

Vrayment vous estes long, vne heure s'est passee
Depuis que seul icy i'entretiens ma pensee.

HALADIN.

Monsieur vn Caualier qui vient de ce costé,
Et se plaint d'vn malheur m'a long temps aresté
Le voicy qui s'aproche, il en a bien aux femmes
Et parle en general contre toutes les Dames.

ACTE V.

SCENE III

ARGANTEE CHANTANT
sur la guiterre.

IE ne t'apelle plus mon Ange
Ton ame est trop suiete au change
Pour auoir des encens,
N'attens pas, ingrate & volage,
Que ie consacre à ton visage
Mes Amours innocens.

I'ay perdu le soin de te plaire,
Le doux éfet de ta colere
Me tire de prison

Ie fais peu d'estat de tes charmes,
Perfide, ie te rend les armes
        Et reprens ma raison.

Toutes femmes sont mensongeres
Leurs afections passageres
        Leur esprit inconstant;
Et le caprice de leur teste
Ressemble au vent de la tempeste
        Qui meurt en s'arestant.

Il semble aux Dames les plus belles
Que de n'estre pas infidelles
        C'est estre sans beauté;
Iurons donc, iurons ô mon ame
Qu'vn Dieu ne peut faire vne femme
        Sans la legereté.

DAMON.

Hâ tu t'en dédiras.

ARGANTEE.

        Qui me vient auiourd'huy
Donner occasion de m'en vanger sur luy?

DAMON.

Tu mouras impudent, laisse cette guiterre
On ne s'en sert iamais au centre de la terre,
La mort d'vn malheureux n'est pas à regreter
Il faut aller la bas aprendre à mieux chanter;
Et n'ofencer iamais l'honneur des belles Dames,
Vsant mal à propos de discours trop infames.

ARGANTEE.

Hé quel desesperé sans aucun reconfort,
Veut forcer ma douceur à luy donner la mort?

DAMON.

Chetif, tu connestras reparant cette ofence
Que le Ciel me forma pour prendre leur defence.

ARGANTEE.

Cet instrument de paix, & qui me sert d'ébat
Me sera le tambour qui m'anime au combat.

DAMON.

Ses cordes te seruant d'instrument à ton crime
Vne corde seroit ta peine legitime :

Mais

Mais ie veux en cela me montrant plus humain
Te donner le plaisir de mourir de ma main.

ARGANTEE.

Tu fais trop peu d'estat d'vn homme de ma sorte.

DAMON.

L'estat que l'on feroit d'vne personne morte,
Et garde, qu'attens-tu?

ARGANTEE.

Ie te veux pardonner,

DAMON.

Si faut-il que ta mort me vienne couronner;
Ie voy bien que le Ciel veut prolonger ma vie
Pour peyer ma valeur de te l'auoir rauie.

ARGANTEE.

S'en est trop endurer, & sa temerité
Passe dans son exces celuy de ma bonté;
Hâ ie tire à la mort.

Il se
battent.

I

DAMON.

Tu l'as bien meritee.

TROVPE DE SOLDATS.

Amis, vn, étranger aſſaſſine Argantee
Courons le ſecourir, & redoublons nos pas,
Qu'vn deſtin rigoureux ne le liure au trépas.

HALADIN.

Il me faut opoſer à leur forcenerie
Et paſſer ſur les loys de la cheualerie
Sans eſtre de cet ordre en cette region,
Le party de mon maître eſt ma religion.

SOLDATS

Se tourí
nans cô-
tre Hala-
din.

Amys n'épargnons pas le complice d'vn traître
Et qu'vn meſme tombeau l'enferme auec ſon
  maître.

HALADIN.

Vous vous adreſſez mal, i'ay dequoy repartir,
On ne s'ataque à moy qu'auec du repentir.

Hé quoy déia la peur leur fait prendre la fuite
Montrons nôtre courage à leur promte pour-
   suite,
Courons apres.

THERSANDRE.

Sortant
d'vn bois
auec Ma-
donte.

    O Cieux! voila le Cheualier
Qui porte pour sa marque vn tigre en son bou-
   clier;
Ils sont deux à le batre, & déia sur la place
Vn troisiesme est puny de sa superbe audace
Ou prendray-ie vne épee.

DAMON.

    Assassins inhumains,
Vous aprendrez icy ce que pesent mes mains.

THERSANDRE.

Releuant
vne épee
d'vn
blessé.

La belle ocasion à ma reconnoissance!
Assassins, assassins, toute vôtre puissance
Ne vous sortira pas du combat commencé:
Voila le mien à bas, mais ie suis fort blessé.
Ha la force me manque, & mon sang est de
   glace
Vne froide sueur s'épand dessus ma face

I ij

Mes esprits dißipez à ce dernier effort,
M'assurent de ma perte, & d'vne promte mort,
C'est fait de moy, Madonte,

MADONTE.

He courage, Thersandre!
Si vous mourrez sans moy, qui me pourra defen-
dre?

DAMON.

Pourquoy suis ie vainqueur, puis que ie veux
mourir;
Etranger que ie suis, on me vient secourir;
I'aprens que la vertu n'est iamais étrangere.

MADONTE.

Helas! Thersandre! helas!

DAMON.

Que dit cette Bergere?
Elle nomme Thersandre; est-ce point ce Riual
Que la fortune a fait Auteur de tout mon mal!
Seroit-ce luy qui vient mourir pour ma défence
Et purger deuant moy dans son sang son ofence,
A t'il quité Madonte?

MADONTE.

Hé dieu!

DAMON.

C'est mon Soleil,

En habit de Bergere,

MADONTE.

O bonheur sans pareil.

DAMON.

O Madonte!

MADONTE.

O Damon!

DAMON.

Est-ce donc toy, mon ame;

Que ie prenne de toy mille baisers de flames.

MADONTE.

Mais est-ce toy, Damon, qui t'auroit mis au
   port
Quel Dieu t'auroit tiré du pouuoir de la mort?
Ton mouchoir plein de sang me rendit assuree
De tant d'afection que tu m'auois iuree;
eroit-ce vn vray corps que ie viens d'embrasser,
esme apres l'auoir veu, le puis-ie bien penser?

Surpris
de voir
Damon

I iiij

C'eſt l'ombre de Damon, Damon n'eſt plus au
monde,
Il a fait ſon tombeau des abyſmes de l'onde;
C'eſt vn fantôme vain qui s'eſt formé dans l'air
Empruntant ſa façon, ſon geſte, & ſon parler.

DAMON.

Que ie ne ſois Damon, c'eſt moy malgré l'enuie,
Par qui vous reſpirez & le iour & la vie
Celuy que vôtre amour, le Ciel, & le bonheur
Porterent au combat pour ſauuer vôtre honneur
Pour qui que ie ſois pris, ou pour l'vn ou pour l'au-
Cheualier ou Damõ, ie ſeray touſiours vôtre: (tre
Ordonnez moy, mon Ame, ordonnez le trépas
S'il eſt vray que vos yeux ne me connoiſſent pas,
Ie pourrois commę vous, dans ce plaiſir extreſme
Qui me charme les sẽs, douter ſi c'eſt vous meſme:
Aurois-ie pas raiſon, ſi voyant en ces lieux
L'Image de l'Amour, ie demantois mes yeux:
Que ce déguiſement enrichit bien ta face
Ou la beauté pareſt auec autant de grace,
Que iamais elle fait au ſuperbe apareil,
Des pompes de la Cour dont tu fus le Soleil.

MADONTE.

Il n'en faut plus douter, ce n'est point vne image
Son aymable discours concluid pour son visage;
C'est donc toy cher Damon, à qui ie dois le iour
C'est donc toy que le Ciel redonne à mon Amour!
Le crime découuert par la bouche d'Ormate
Deuoit-il pas des lors finir cette tourmente?
Mon ame veis tu pas ce monstre des enfers
Dont la mort nous vangea de nos trauaux sou-
    fers,
Auois-tu point perdu les yeux & les oreilles
Pour n'estre pas témoin de tes propres merueilles?

DAMON.

S'il m'est permis, mon cœur, de me iustifier;
Ayant sçeu qu'on parloit de vous sacrifier
Dans les ressentimens d'vne iniustice extresme
La douleur m'auoit fait méconnoitre à moy-
    mesme:
Alors tous mes plaisirs tendoient au monument
Et mon dessein estoit de mourir promtement,
L'euenement douteux trauailloit ma pensee,
Chaque mot que ie dis, ma langue y fut forcee.

I'auois l'esprit gesné de regrets & d'ennuis
Les iours m'estoiët plus noirs que les plus sõbres
Mon cœur estãt tõbé d'amour en ialousie (nuits
Ma raison ne peut rien contre ma frenesie.

THERSANDRE MOVRANT.

Ie suis trop satisfait dans le contentement
De rendre auant ma mort Madonte à son amãt:
Tu dois viure, Damon, assuré que ta Dame
A biẽ moins de beautez en sõ corps qu'ẽ sõ Ame
L'hõneur auec l'Amour fut sõ cõmun vainqueur
Et partagea tousiours l'Empire de sõn cœur:
Le Ciel qui m'en chargea m'oblige à te la rendre;
Mais pardonne sur tout aux erreurs de Ther-
A qui l'extremité de son afeƈtion   (sandre,
Donna pour son malheur trop de presomption;
Viuez heureux Amans: ma chaleur amortie
Vient de forcer mon Ame à faire sa sortie,
Mes sens sont afoiblis, ie m'aproche du port
Et ie rens le dernier des soûpirs à la mort.

MADONTE.

I'estime que Damon n'en aura point d'atteintes
Si ie laisse vn baiser sur ses levres éteintes.

DAMON.

O fortune ! ô bonheur ! ô ciel ! c'est en ce lieu
Que ie connois l'éfet de l'oracle d'vn Dieu,
De franchir le danger qui menaçoit ma vie,
Par celuy qui l'auoit cy deuant pourſuiuie;
Que puiſſe tu treuuer Charon de bonne humeur
Et paſſer ſa riuiere en paix & ſans rumeur
Que puiſſe tu labas diſſipant les tenebres (bres.
Rēdre tous les obiets plus beaux & moins fune-
L'enfer te ſoit propice, & puiſſent tes vertus,
Te rendre le vainqueur des Monſtres abatus.

retour-
nant à
Madont

   Te voila donc, mon Ame, en qui ie voy paroiſtre
Tant de perfection qu'elle ne peut plus croiſtre:
Ie ſerois moins cõtent d'eſtre au nõbre des Dieux,
Que de voir mon image au miroir de tes yeux.
Tu ne me parles point, commençe tes oracles
Puiſque cette rencontre eſt vn de tes miracles:
Reſpons, reſpons, mon cœur, à ces beaux mouue-
Ne me laiſſe pas ſeul dans mes cõtētemēs. (mens

MADONTE.

En cet exçes de ioye ou mon ame eſt rauie
Si ie iette des pleurs, ce ſont des eaux de vie.

DAMON.

Ou pluſtoſt des eaux d'Angel ô merueille de voir
Du feu ietter des eaux *&* deux ſoleils pleuuoir!
Mon eſperance enfin ſe treuue mieux fondee,
Ie tire mes plaiſirs d'ailleurs que d'vne Ideé:
Ie te voy, mon ſoleil, ie reſpire le iour,
Ie ſuis enfin, ie ſuis content de mon Amour:
Dans les rauiſſemens ou le Ciel me conuie,
Ie donne deſormais le cartel à l'enuie,
Et mon cœur n'a plus rien qu'il doiue deſirer.
Sinon que ce plaiſir puiſſe touſiours durer.
Ainſi les doux Zefirs ſuccedent deſſus l'onde,
A la rage des vents qui font trembler le monde,
Et le foudre fléchi par les vœux du nocher
Va paſſer ſa fureur contre quelque rocher;
Le iour ſort de la nuit pour luire ſur nos teſtes,
Et le calme eſt enfant des plus fieres tempeſtes.

MADONTE.

Bien ſouuent le plaiſir eſt heritier des pleurs,
Et la ſanté ſe fait maiſtreſſe des douleurs.
Les neiges de l'hyuer ſe rendent plus diſcretes

Et cedent à la fin la place aux violetes:
Ainsi, mon cher Amant, le trauail du passé,
Donne plus de plaisir à l'esprit trauersé.

DAMON.

Aproche donc, Madonte, aproche que ie touche
Tes beaux yeux de mes yeux, ta bouche de ma
   bouche:
Hâ Dieux ! hâ iustes Dieux de quels plus
   grands plaisirs
PourieZ vous contenter vos amoureux desirs
ModereZ vos faueurs, modereZ nôtre flame
Son excessiue ardeur me priuera de l'ame.
O ma vie ! ô plaisir ! rauissement ! transport !
Hâ qui pourroit mourir d'vne si douce mort !
Soulage moy, Madonte, en fin ie m'abandonne
A tous les sentimens que ton Amour me donne.

MADONTE.

Retranchons ces faueurs, ou veritablement,
Nous aurons du regret dans le contentement !
Hé quoy, folâtre Amant, cette ioye impor-
   tune
Trauaille plus l'esprit que n'a fait la fortune.

Le plaisir à la fin donneroit du soucy:

DAMON.

Ie te permets souuent de me blesser ainsi,
Mais s'il faut que ie meure, il faut que cet albâ-
  tre
Soit le lit de la mort de mon cœur idolâtre:
Mon feu s'est augmenté lors que i'ay mis la
  main,
Sur l'aymable fraicheur des neiges de ton sein.
Des neiges qu'ay-ie dit? elles fondroient de honte,
Ayant veu qu'en blancheur ta gorge les surmôte.

HALADIN.

I'en estois assuré que ma main de ce fer,
En feroit vn butin agreable à l'enfer,

DAMON.

Voicy mon Haladin dont le nom & la gloire
Ne doit iamais mourir au cœur de la memoire:
He bien fidelle amy.

HALADIN.

Monsieur: ô Cieux! Madame!

DAMON.

Pensois tu qu'au combat ieusse perdu mon Ame?

C'eſt Madonte, Haladin, r'aſſure vn peu tes ſẽs
Et recomois l'obiet de mes feux innocens.
Quoy! tu n'as pas encore éprouué dans ton age,
Qu'on reuoit le Soleil apres vn long orage?

MADONTE.

Ce rare ſeruiteur a beaucoup merité,
Par les éfets certains de ſa fidelité;
Ayant touſiours nourry le deſir de vous plaire
Ie m'oblige moy meſme au ſoin de ſon ſalaire.

DAMON.

Or ſus puiſque le Ciel comme ie me promets
Ne nous deſtine plus qu'aux plaiſirs deſormais,
Et que le mauuais ſort deuenu pitoyable,
Nous donne apres les maux vn bonheur incro-
  yable;
Que l'Aſtre qui s'acorde au bien des Amoureux,
Apres tãt d'accidẽs nous permet d'eſtre heureux
Ie te donne la foy que le Dieu d'Himenee
Ofre à ton amitié de myrté couronnee.

MADONTE.

En cela, cher Amant tes deſirs ſont les miens
De ioindre nos deux cœurs par de meſmes liens,

Toutefois il faudroit deuant cette entreprise,
Auoir de nos Amis la volonté requise.

DAMON.

Nous prendrons à témoin cet aymable seiour,
De l'accor aresté sous les loys de l'Amour;
Puisque le Ciel a fait cette heureuse alliance,
Retire ton esprit de cette défiance.
Mais qui pourroit aller côtre l'Arrest d'vn Dieu
Qui se fait adorer & connaître en tout lieu?
Desormais nous viurons dans ces douces etreintes
Qui font brûler les cœurs par des flames si saintes
Entens tu pas chanter tous ces petits oyseaux,
Qui font vne musique auec l'eau des ruisseaux?
Ces rameaux que le vent hausse & baisse en ca-
　　dence
Semblent fauoriser nôtre Hymen d'vne dance.
Le Zefir amoureux dont ils sont agitez,
Fait vn chant d'allegresse à nos felicitez;
Il semble qu'à dessein il abaisse leur teste
Pour couronner la tienne en cette belle feste;
On diroit à les voir l'vn dans l'autre enlassez,
Qu'ils veuillent comme nous se tenir embrassez.

Et ie croy ſans mentir que tout ce lieu conſpire,
De nous voir en l'eſtat ou nôtre Amour aſpire.
Le iour impatient à nos yeux ſe détruit
Pour auancer les fruits qu'on cueille dans la nuit:
Et s'il eſtoit plus long, voy comme ce lieu ſombre
Pour les goûter plûtoſt nous preſente ſon ombre
Ie verray deux Soleils apres tant de malheurs,
L'vn couché ſur les eaux , & l'autre ſur les
    fleurs.

F I N.

Reliure serrée